AF346147

PRÉSAGE

Amandine Germani

LE CERCLE
DES HOMMES LOUPS
TOME 2
**

PRÉSAGE

Mentions légales :

Texte : ©Amandine Germani 2020

Illustration de couverture : ©Lionel Germani

ISBN : 9782957878918

Dépôt légal : Juillet 2021

Tous droits réservés

Ce livre est dédié à :
Toutes les personnes que j'aime.
Mon mari. Pour son soutien et ces nombreuses
heures passées, à écouter mes histoires.
Ma correctrice, Delphine Rousseau.
Ma bêta-lectrice, Cindra.

CHAPITRE 1

Carrie

Je suis enceinte…

Ces mots résonnaient, telle une bombe en plein champ de bataille.

Je vis son visage se décomposer, il était loin d'être ravi. Il éleva la voix, troublant ce silence pesant.

— Laissez-nous ! Carrie et moi devons discuter.

Vu le ton grave et autoritaire qu'il venait d'employer, aucun d'eux n'osait broncher. Ils sortirent rapidement de table, faisant grincer les chaises sur le parquet, dans un brouhaha monstrueux. En une fraction de seconde, le salon, qui deux minutes auparavant accueillait notre repas convivial et chaleureux, s'était transformé en une pièce sombre et froide. Depuis l'annonce de ma grossesse, il ne me lâchait pas du regard. Ses yeux gris s'étaient transformés en deux billes noires, brillantes de colère. Mes mains tremblèrent et une boule commença à se former dans ma gorge. Soudain, il reprit la parole avec le même ton à glacer le sang.

— Et depuis quand ?

— Je… je ne sais pas. J'ai pourtant bien fait attention ! J'ai rendez-vous chez un échographiste dans deux jours.

— Je vois…

— Adam, je te promets que je ne voulais pas d'un enfant maintenant et tu le sais. Ça fait à peine trois mois que nous sommes mariés !

— Justement ! hurla-t-il.

— Comment ça, « justement » ?

— Nous étions d'accord pour attendre !

— Parce que tu crois réellement que j'ai fait exprès ?

— Je… je n'en sais rien.

— Adam ! J'ai pris ma pilule chaque soir, à la même heure. Je ne l'ai pas oubliée une seule fois ! Alors, dis-moi, tu penses encore que je suis fautive ? Et puis au fait… je suis tombée enceinte toute seule ? Ça s'est fait comme ça, en claquant des doigts ?

— Hum…

— Quoi ?

— J'ai besoin d'être seul.

Sur ces mots, il prit sa veste et sortit en claquant la porte. Voyant mon avenir se briser sous mes yeux, je laissai remonter cette boule le long de ma gorge et éclatai en sanglots. Je m'en doutais qu'il ne serait pas ravi d'être père maintenant, mais je ne m'attendais pas à une telle scène. M'entendant pleurer, les quatre loups descendirent pour me réconforter. Assise à même le sol, je laissai Juno me porter jusqu'au canapé. Je me blottis dans ses bras. Anna partit me chercher un verre d'eau et je sentais Sélèné passer ses doigts dans mes cheveux, tout en soufflant que son frère avait besoin d'encaisser la nouvelle et que par la suite il serait sûrement très content. Entre deux sanglots, je lui fis remarquer que pour l'instant, il avait vraiment du mal à digérer et que vu sa tête, ce n'était pas demain la veille qu'il l'accepterait. Elle essayait encore de me consoler en m'assurant qu'eux étaient ravis pour nous ! Je retrouvai un brin de bonne humeur quand Sélèné avoua qu'elle espérait sincèrement que ce soit une fille, pour qu'elle puisse la transformer en petite princesse.

Ils restèrent à mon chevet jusqu'à ce que je m'endorme d'épuisement. Adam ne rentra pas et le lendemain en allant au travail, je remarquai sa voiture sur le parking. Je compris alors qu'il avait dormi dans son lit de camp, à l'hôpital.

Cela faisait une semaine maintenant. Notre relation ne s'améliora pas, au contraire, elle empira. Il m'évitait à longueur de journée et ne m'adressait plus la parole. Je finis même par dormir dans la chambre d'ami, car je m'y sentais beaucoup mieux.

Quelques jours plus tôt, j'eus la surprise d'apprendre que j'étais enceinte de plus d'un mois. J'avais expliqué que je ressentais les symptômes depuis peu et que mes règles étaient normales. L'échographiste sourit en m'entendant évoquer mon état et déclara que, parfois, certaines femmes n'avaient aucun symptôme. Je me sentais un peu bête, sachant que je faisais moi-même partie du domaine médical. Personne dans la maison ne connaissait l'avancée de ma grossesse, c'était devenu un sujet tabou. Pourtant, plus les jours passaient, plus je me disais qu'il fallait qu'Adam soit au courant. Mais, je n'arrivais pas à lui parler, j'étais blessée et meurtrie par sa réaction. De plus, je me posais la question de savoir si je gardais le bébé.

Aujourd'hui, j'étais partagée entre deux sentiments, celui de garder un enfant qui serait élevé dans une ambiance qui s'annonçait désastreuse ou bien tout arrêter, pour retrouver une vie plus heureuse. En pensant à ça, une petite voix intérieure me soufflait de le garder. Tout en continuant mon travail, je réfléchis et passai une main sur mon ventre, en esquissant un sourire.

Ce dimanche, Adam était de garde. Anna et Sélèné me réservèrent une petite surprise. Juste avant le dîner, elles s'installèrent dans le salon, les bras chargés de sacs. Étonnée, je leur demandai ce qu'elles comptaient faire avec tout ça, tout en faisant remarquer à Sélèné qu'elle s'était trompée de jour pour le Black Friday. Elle me tira la langue comme une gosse et prit un air renfrogné, qui ne lui allait tellement pas.

— Je te signale que nous nous retenions tous de t'offrir ça, à cause de mon frère !

— Comment ça ?

— Regarde ce qu'il y a dans les sacs et tu vas vite comprendre !

Je regardai alors, intriguée, et je sentis les larmes monter en apercevant la montagne de vêtements pour nouveau-né. Six sacs débordaient de vêtements, d'accessoires et de peluches.

Les deux garçons sourirent et s'installèrent sur le fauteuil, juste en face de moi, pendant que les filles s'assirent à mes côtés. Ils étaient tellement contents, qu'ils me présentaient chacun leur petit favori. Je finis par pleurer quand Thuss prit un petit loup en peluche dans ses mains.

— Écoutez… il faut que je vous dise quelque chose.

Chacun d'eux attendait patiemment que je continue.

— Je ne sais pas si… je vais le garder. Je vais devoir prendre la décision le plus rapidement possible, car je suis enceinte d'un mois et demi.

Anna me regardait, les yeux et la bouche grands ouverts, choqués. Sélèné, les larmes aux yeux, ne dit rien. Thuss baissa la tête, tout en s'enfonçant dans son fauteuil. Quant à Juno, il fronçait les sourcils. Ce dernier soupira et prit la parole.

— Carrie… je ne suis pas sûr que ce soit la meilleure solution. Après, je peux comprendre ton désespoir et ta tristesse. C'est vrai qu'Adam a très mal réagi, mais je ne crois pas qu'il apprécierait ce genre de discours. Il est au courant de l'avancée de ta grossesse ?

— Non, pas du tout.

— Il faut lui dire et rapidement, car cette grossesse est différente de celle d'un humain.

— Comment ça ?

— Les premières transformations des hommes-loups se font vers cinq ou six mois, c'est pour ça que les naissances ont lieu pendant cette période. Le corps humain n'est pas capable de porter un hybride, il rejette alors le fœtus, ce qui déclenche l'accouchement.

— Quoi ? Mais les enfants ne naissent jamais à terme !

— Techniquement, si.

— Euh… non ! Une grossesse dure neuf mois, Juno. Pas cinq ou six mois !

— Pour les humains, oui ! Mais pas pour les hommes-loups ! Rappelle-toi, nous grandissons très vite.

— Donc, si je comprends bien ce que tu es en train de me dire, c'est que je vais accoucher d'ici quatre mois !

— Oui. Mais le plus compliqué sera l'accouchement. N'oublie pas que tu portes un enfant-loup.

Un silence pesant régna dans le salon, interrompu par la sonnerie stridente du téléphone. Les yeux dans le vague, J'eus l'impression qu'on me balançait au fond de l'océan avec un boulet attaché aux pieds. Juno partit décrocher et je sortis de mon état second quand je vis Sélèné ranger les sacs à une vitesse surréaliste. Je compris quelques minutes plus tard pourquoi, en entendant les clés dans la serrure. Adam était de retour et il ne fallait pas qu'il voie les vêtements, du moins, pas tout de suite. Elle disparut à l'étage, emportant tous les sacs, au moment même où il franchit le pas de la porte.

En nous voyant réunis dans le salon et sentant un flottement inhabituel, il passa alors un regard sur chacun d'entre nous. Il essaya de percevoir ce qu'il se passait. Mais Juno, qui venait de raccrocher, lui expliqua d'un ton impassible, que je venais de faire un cours à Thuss sur la biologie moléculaire, en enchaînant avec la mue des serpents. Pour confirmer ses dires, Thuss fit alors une moue dégoûtée, comme si je l'avais écœuré pour les cent prochaines années. Adam n'était pas dupe, il se doutait bien qu'autre chose se tramait, mais il ne fit aucune remarque et accrocha sa veste.

En revanche, moi, j'étais dans un état psychologique lamentable. Il fallait que je respire autre chose que cet air sous pression. Une fois sur la terrasse, j'inspirai plusieurs fois profondément, comme si je plongeais en apnée. Je me laissai alors glisser le long du mur, ramenai mes jambes sous ma tête et laissai couler ma tristesse. Cela faisait un peu plus d'une semaine qu'il ne n'avait pas adressé un mot, ni même un regard. Et j'apprenais que d'ici quatre mois, j'allais accoucher. Un peu plus tard, Juno me rejoignit sur la terrasse.

Je grelottais et claquais des dents. Les nuits étaient pourtant chaudes à cette période de l'année, mais les dernières révélations m'angoissaient terriblement. Tout en passant un bras sur mes épaules, Juno me serra contre lui et éleva la voix.

— Carrie, je t'ai déjà parlé de mon passé ?

Surprise, je lui fis non de la tête, tout en resserrant son étreinte, il continua.

— Comme tu le sais, avant d'être dentiste, j'étais médecin urgentiste. Mais avant d'être un membre de la meute d'Analheime, je vivais reclus. Je n'avais pas de meute à proprement parler, puisque je vivais uniquement parmi les humains et je faisais tout pour ne jamais croiser l'un des miens. Certains loups, comme moi, sont peu dominants malgré leur statut et sont amenés à vivre dans l'ombre d'un véritable chef. Je n'ai jamais eu le charisme d'Adam ou d'autres et je courbe l'échine trop facilement. C'est ce qu'on appelle des Bêtas, dans notre jargon. Je ne voulais pas être avec les miens, car je faisais tout pour protéger ce que j'avais de plus cher au monde.

— Qu'est-ce que c'était ?

— Ma femme et mon fils.

— Oh ! Je l'ignorais.

— En effet… j'étais marié et j'avais un enfant…

— Qu'est-ce qui s'est passé ?

— Ils ont été tués. Par un alcoolique, un soir en rentrant du cinéma.

— Je… je suis désolée.

Je tournai la tête dans sa direction et perçus dans son regard toute la tristesse de son passé. Juno n'était pas du genre à s'ouvrir aussi facilement. Malgré son âge, il était toujours d'humeur égale. C'était un peu le grand sage de la maison. Tout en inspirant une grande bouffée d'air, il continua, le regard tourné vers la lune. La couleur de l'astre d'argent se reflétait dans ses yeux.

— Tu sais, lorsque j'ai appris leur mort, la première chose que j'ai faite, c'est de retrouver l'homme qui les avait assassinés. Il ne m'a pas fallu plus deux jours et lorsque je me suis retrouvé face à lui, je l'ai tué. Je pensais avoir rendu justice moi-même et qu'enfin ils pourraient reposer en paix, mais au lieu de ça, j'ai brisé une vie. J'ai découvert quelques jours plus tard que cet homme était devenu alcoolique depuis peu, car sa femme l'avait quitté et avait emmené leur fils. Le soir où il a tué ma femme et mon enfant, il était fortement alcoolisé. Il a cru que c'était son ex-femme. La police a toujours pensé que c'était un animal qui lui avait ôté la vie. Mais pour moi, j'étais devenu un meurtrier, je ne pouvais plus me regarder dans le miroir sans voir ce petit garçon pleurer la mort de son père. J'ai erré à travers les États-Unis, jusqu'à arriver à Analheime. Je n'avais pas remarqué qu'une meute était établie ici et quand je me suis retrouvé devant Adam, j'ai bien cru que mon heure était arrivée. Quand deux Alphas se retrouvent sur un même territoire sans y être invité, en général, ça part en bagarre. Mais je ne voulais plus me battre, j'avais déjà versé trop de sang. Ce qui m'a sauvé, c'est que je me suis soumis à lui sans broncher. À ce moment, il a compris que je ne voulais pas son territoire. Au lieu de me chasser, il m'a invité en m'offrant un toit, une vie et une nouvelle famille. En échange, je devais simplement me comporter comme un membre normal de la meute et ne jamais me rebeller. Ce que j'ai fait, jusqu'à maintenant. Adam est ce qu'il est, mais c'est un homme blessé et torturé par un passé douloureux. Il n'a jamais réussi à avoir une relation stable avec une femme, jusqu'à ce que tu arrives et que tu le transformes, peu à peu. Il t'aime Carrie, du plus profond de son âme. Aujourd'hui, tu es sa plus grande force, mais aussi sa plus grande faiblesse. Il a peur d'être père, de ne pas être à la hauteur et surtout, il est terrorisé à l'idée de te perdre pendant l'accouchement. Je te l'ai dit, c'est une grossesse différente des humains et je peux t'assurer, pour l'avoir vécu avec ma femme, que ce n'est pas une partie de plaisir. Je ne te demande pas d'accepter son comportement, mais de comprendre sa réaction. Il faut vraiment que tu lui parles, surtout que tu es enceinte d'un mois et demi ! Carrie, il pense que ça ne fait que quelques semaines ! Or, ta grossesse est bien plus avancée et si tu ne dis rien, tu risques de perdre le bébé et peut-être même la vie. Je ne suis pas sûr que ce soit le bon moment pour une guerre d'ego. Sache que je vais l'encourager à te parler, mais si tu ne m'aides pas, je ne pourrais rien faire. Ce n'est pas à moi de lui dire.

Je l'écoutai attentivement. Je ne pensais pas qu'il avait vécu des choses aussi atroces. J'étais bien décidée à parler à Adam, quitte à me le mettre à dos.

Hélas, c'était plus simple à dire qu'à faire. Depuis deux jours, il arrivait à esquiver le sujet avec brio. Un jour, Jeanne m'avait dit : « Un malheur n'arrive jamais seul ». Je pensais que c'était simplement une phrase sordide, pourtant elle avait raison.

Nous étions en plein souper, quand le téléphone se mit à sonner. Surpris, Adam décrocha.

— Andrew ? Oui, c'est moi. Que se passe-t-il ? Quoi !

Nous suspendions nos gestes, interloqués.

— Bien, je comprends. Je pars immédiatement. À plus tard.

Il reposa le combiné en soupirant, je sentis une onde de choc parcourir mon corps. Il se tourna vers nous et prit la parole.

— Juno ! Tu protégeras la meute pendant mon absence. Je tâcherai de faire vite.

— D'accord ! Mais que s'est-il passé ?

— Bran… Bran est mort. Je n'en sais pas plus pour l'instant. Andrew appelle tous les Alphas pour les prévenir et nous allons devoir élire un nouveau chef…

— Qu'est-ce que tu vas faire si c'est toi qui… ?

— Je n'en sais rien. Écoute, s'il y a quoi que ce soit, tu me préviens !

— Bien.

Je ne savais pas ce qui était le pire. Bran mort ? Ou que personne ne sache comment il était mort ? Je compris ce que Juno voulut dire. J'étais normalement l'Alpha légitime du Cercle des hommes-loups, mais vu mon passé humain, seul Adam, second dans la hiérarchie, pouvait reprendre le flambeau. J'observai tristement mon mari monter à l'étage et redescendre cinq minutes plus tard, en traînant une valise. Il donna les dernières recommandations à Juno et je l'interpellai au dernier moment.

— Adam !

Il se retourna, surpris.

— Oui ?

— Je… je t'aime.

— Moi aussi.

Il me sourit faiblement et s'engouffra dans sa voiture en démarrant rapidement.

Je n'avais pas pu lui parler avant qu'il ne parte et je sentais que les prochains jours allaient être compliqués.

CHAPITRE 2

Carrie

Juno m'expliqua comment tout allait se passer. Tout d'abord, un nouveau chef allait être élu. À sa connaissance, le leader était Adam, mais plusieurs autres Alphas plus âgés pouvaient être désignés. Je lui demandai pourquoi Andrew ne faisait pas partie de la liste. Il m'informa que ce dernier n'était pas un véritable Alpha, Andrew était comme lui, un Bêta.

Plusieurs jours s'écoulèrent, quand le téléphone sonna en plein dîner. Juno décrocha, tendu.

— Oui, allo ? Bonsoir, Andrew ! Je vais bien merci. Et toi, tu tiens le coup ? Je vois. Et qui est le nouveau chef ? Hum… Je m'en doutais et il a donné des ordres particuliers ? C'est une plaisanterie ? braIlla-t-il en abattant sa main sur le mur. Comment est-ce qu'elle va faire ? Il t'a dit pour son état ? Dans ce cas, je te la passe.

Il posa alors le combiné se tournant vers nous. Tout en soupirant, il me demanda de venir.

— Carrie ! C'est Andrew pour toi.

— Qu'y a-t-il ?

— Je te laisse voir avec lui.

Je me levai brusquement et pris le téléphone.

— Andrew ?

— Bonjour, Carrie ! La forme ?

— Ça va, je te remercie ! Alors qui est le nouveau chef ?

— C’est… Adam !

Je ressentis un long frisson me parcourir le corps.

— Allo, Carrie ?

— Je… je suis là.

— Je suis le nouveau bras droit, à la place de Sleek. En tant que tel, je dois t’informer que tu seras la nouvelle Alpha de la meute d’Analheime.

— Pardon ! m’étranglai-je.

— C’est Adam qui l’a demandé.

— Mais ce n’est pas possible ! Je suis humaine et enceinte ! Et puis, Juno est bien mieux placé que moi pour tenir ce rôle.

— Désolé, mais c’est un ordre du chef.

— Je vois. Je suppose que je dois accepter sans rechigner…

— C’est mieux.

— Je peux lui parler ?

— Non, il n’est pas là ! Il est déjà en déplacement.

— D’accord, je l’appellerai plus tard. J’ai pas mal de choses à lui dire.

— Non, ça ne va pas être possible.

— Je peux savoir pourquoi ?

— Parce qu’il est en pleine gestion de crise. Mon père a été assassiné.

— Par qui ?

— Nous ne savons pas ! Adam suppose que ce sont les traqueurs. Les mêmes qui ont contaminé certains d’entre nous, avant que tu n’arrives.

— Mais comment ils ont réussi à faire ça ? Et puis à quoi ça va leur servir ?

— Je n’en sais rien. Écoute, je dois appeler encore pas mal de monde, vous êtes les premiers au courant.

Je sais que ça va être difficile pour toi, mais sache que tu peux compter sur chaque membre de ta meute et que si tu as besoin de quoi que ce soit, appelle-moi ! Ah oui, d'ailleurs, je passerai demain récupérer deux trois trucs qu'Adam m'a demandés.

— Pas de soucis et merci à toi ! Je te souhaite bon courage et je te suis profondément reconnaissante pour ce que tu fais.

— C'est normal ! Ah au fait ! Pendant que j'y pense, Adam passera d'ici quatre ou cinq mois, histoire de voir comment ça se passe. En attendant, toutes demandes doivent impérativement passer par moi.

— Dans quatre ou cinq mois ? Mais c'est bien trop long ! Comment je fais ?

— Comment ça ?

— Je suis enceinte…

— Oui ça, je le sais !

— Non ! Écoute, je suis enceinte d'un mois et demi.

— D'un mois et demi ! Il m'avait dit d'une ou deux semaines …

— Je ne lui ai jamais dit ça, je ne lui ai même jamais rien dit ! Depuis qu'il le sait, nous n'avons pas pu nous parler une seule fois…

— Vu comme ça… Je vais lui demander qu'il te contacte le plus vite possible. Et qu'il retourne à Analheime au plus tôt. Bon allez, je te laisse ! À demain !

Je n'avais même pas eu le temps de lui dire au revoir qu'il raccrochait déjà. Je soupirai de désespoir et me retournai vers la meute. Vu leurs têtes, Juno venait d'évoquer le dernier délire de mon mari.

— Adam est devenu le nouveau chef du Cercle des hommes-loups. Et il a demandé à ce que je sois la nouvelle Alpha.

Un long silence pesait dans la pièce. Je voyais bien qu'ils étaient tous aussi bouleversés que moi. C'est Juno, qui fut le premier à briser la glace.

— Je te servirai aussi fidèlement, que j'ai servi Adam. Tu peux compter sur moi.

— Merci Juno ! D'ailleurs, si tu le veux bien, j'aimerais que tu continues à être le bras droit de la meute. Ta sagesse et tes conseils m'aideront énormément.

— Avec plaisir !

Les autres loups acquiescèrent un à un et me jurèrent fidélité. Une vague de puissance déferla en moi. À présent, je distinguais intérieurement chacun d'entre eux, leur état physique et mental était aussi limpide que de l'eau. Mais ce qui me surprit, c'est qu'ils possédaient une couleur d'aura différente. Jusqu'à maintenant, mon pouvoir me permettait de voir seulement les auras ténébreuses. Je changeais rapidement de sujet, en demandant à Juno comment nous allions faire entre mon nouveau statut, le bébé et l'absence prolongée d'Adam. Il me tranquillisa puisqu'un Alpha, accepté par sa meute, s'assurait une coopération totale. C'était pour ça qu'Adam avait fait de moi la nouvelle chef d'Analheime, pour que je puisse être reconnue et respectée des autres Alphas. Concernant mon accouchement, Juno gérerait, comme il l'avait fait pour sa femme.

Le lendemain matin, Andrew arriva à la maison pour récupérer quelques affaires. À peine venait-il d'entrer, que je me ruai vers lui.

— Andrew ! Je suis heureuse de te voir. J'ai plein de choses à te demander.

— Je suis contente de te voir aussi, Carrie, mais j'ai très peu de temps à t'accorder. J'ai deux, trois choses à prendre et je dois tout de suite repartir pour New York.

— Oh… dans ce cas. Je crois que ça pourra attendre. Comment va Adam ?

— Il va bien, mais il est complètement débordé. Tiens au fait, il faut que je te montre un truc. Tu peux me donner ton téléphone cinq minutes ?

Il s'approcha de moi et je lui tendis mon téléphone. Je le vis naviguer avec aisance dans les paramètres. Je le vis prendre son téléphone et transférer une application sur le mien.

— Euh… tu fais quoi là ?

— Je t'installe une application qui te permettra de contacter Adam en toute sécurité. Vu ce qu'il se passe en ce moment on n'est jamais trop prudents. C'est nos informaticiens qui ont fabriqué ça. Vous êtes les premiers à tester le « WOLFAPPS ». Toutes vos conversations par message ou par téléphone sont sécurisées. Ça évitera à nos ennemis de vous mettre sur écoute.

— Wouah ! C'est super ! Je vais montrer ça à Thuss, il va adorer.

— Eh bien, pour l'instant Carrie, j'aimerais que tu n'en parles à personne. Elle est en phase de test et vous êtes les deux seuls à pouvoir l'utiliser. Nous ne pourrons pas gérer autant de monde sur le serveur.

— Je comprends. Bon, je te tiendrai au courant si ça fonctionne.

Il me sourit et me rendit mon téléphone. La nouvelle petite icône en forme de tête de loup allait devenir mon application favorite.

Cela faisait déjà deux semaines que j'étais devenue l'Alpha d'Analheime. À présent, tous mes proches étaient au courant pour ma grossesse. Ma maman fut si heureuse de cette annonce que je dus éloigner le téléphone de mon oreille d'une bonne dizaine de centimètres. J'informai en plus ma grand-mère sur mon nouveau rôle de chef d'Analheime. Elle semblait ravie de ce choix. Quant à moi, j'étais paniquée à l'idée d'être chef de meute. Je n'y connaissais rien ! Heureusement, Juno était là pour m'aider. Depuis peu, je me pliai à l'exercice financier, je découvris qu'une part des revenus des meutes allait directement dans les poches du chef du Cercle. Un peu comme une taxe. Je devais également participer à différentes réunions avec les chefs des clans voisins. On y parlait des différents besoins communautaires, car chaque groupe était spécialisé dans un ou plusieurs domaines. Notre clan était axé sur le médical. Nous avions trois patriciens, Adam, Juno et moi, tandis que celle de Boston, s'occupait en particulier du business. Je ne comprenais pas à quoi toutes ces réunions servaient. En me voyant perplexe, il m'expliqua que les réunions favorisaient les échanges entre les meutes afin de disposer d'un réseau d'informations cruciales.

En effet, avoir des hommes-loups haut placés était nécessaire pour la cohésion et la cohabitation avec les humains. Ainsi notre clan bénéficiait d'un certain pouvoir dans la société, et pouvait rétablir les déséquilibres.

La première réunion eut lieu un mois après et je dois dire que j'appréhendais un peu. Me savoir seule avec quatre mâles Alpha, dont un, particulièrement imbu de sa petite personne ne me réjouissait guère. La réunion était chez Charlie Wouston, l'Alpha de Boston, au siège de son entreprise. Je venais à peine d'entrer dans l'immense hall, que j'aperçus une grosse Cadillac se garer devant l'entrée. Pendant que je tentais de contacter Adam, un homme en sortit, il était grand, très imposant, presque autant que Stanislas, l'un des loups de la meute de ma grand-mère. Je le connaissais, malheureusement. C'était Swayn Skelton, l'Alpha de Plymouth, le loup qui rêvait d'être le « roi » des hommes-loups. Je l'avais rencontré à mon mariage, il s'était présenté comme étant le futur remplaçant de Bran. Adam en entendant ça, s'empressa gentiment de lui rappeler les règles des élections. À ce moment-là, il avait détalé comme un lapin.

Je raccrochai après être tombé une énième fois sur la messagerie et en le voyant se diriger vers moi, je m'attendais au pire. Arrivé à ma hauteur, il me tendit sa mallette ainsi que son duffle-coat. Je me raclai la gorge, mal à l'aise.

— Oh ! Mais c'est la nouvelle Alpha d'Analheime ! s'exclama-t-il d'un air hautain. J'ai failli ne pas vous reconnaître, tellement vous n'y ressemblez pas. D'ailleurs, je ne vous avais pas reconnu. Heureusement que ce n'est pas mon cas, mes loups savent que c'est moi le patron, simplement en me sentant arriver dans la pièce. Vous par contre… On ne peut pas en dire autant !

— Quant à moi, j'ai failli m'étouffer avec votre ego ! Et contrairement à vous, je n'ai pas besoin de montrer à la terre entière que je suis une Alpha.

Visiblement il n'apprécia pas mes paroles, car il laissa échapper un grondement sourd. Mais cet homme ne méritait pas mon respect et je n'avais pas l'intention de me rabaisser devant lui. Sur ces mots, je lui lançai sa veste et sa mallette, qu'il attrapa maladroitement. Sans un mot, je pris l'ascenseur et le laissai seul dans l'entrée. Arrivée à l'étage, je trouvai rapidement la porte du bureau et entrai. J'aperçus les trois hommes-loups, assis autour d'une grande table ovale. L'Alpha de Springfield, de Marlborough et enfin Charlie.

Ils me saluèrent chaleureusement et Charlie m'invita à m'installer, tout en tirant la chaise près de lui. Je lui souris gentiment en le remerciant, et enlevai ma veste. Ils découvrirent alors avec stupeur, mon joli ventre rond. Je ne prêtai pas attention à leurs regards perplexes. Je pensais qu'Adam ou Andrew aurait eu la présence d'esprit de les prévenir de mon état. Au moment de m'asseoir, j'aperçus Swayn entrer, ou plutôt Iznogoud, comme j'aimais à l'appeler. Quand il vit mon ventre, contrairement aux autres, il ne fut absolument pas discret.

— Non ! Je n'y crois pas ! Déjà une femelle Alpha et qui plus est, humaine, je trouve ça affligeant… Mais en plus, enceinte ! On aura tout vu avec lui !

— Oui et alors ! Qu'est-ce que ça peut vous faire ? J'ai le droit d'être enceinte à ce que je sache !

— Votre mari a des pratiques d'humains, il n'aurait jamais dû être le chef ! Le Cercle a besoin d'un homme-loup fort, qui inspire le respect et la virilité. Lui… Il m'inspire le dégoût !

— Je vous rappelle que vous parlez de mon mari ! Mais pas seulement… vous parlez aussi du chef du Cercle. Je peux vous assurer qu'Adam est apprécié de la plupart des meutes !

— Oh, vraiment ? Et puis-je savoir comment vous le savez, puisque vous ne l'avez pas vu depuis un moment ? Et vu le peu d'intérêt qu'il avait l'air d'avoir pour vous, je dirais que vous n'avez pas dû beaucoup communiquer depuis tout ce temps…

— Je vous demande pardon ?

— Figurez-vous que mon collègue de Plympton a vu votre mari récemment. Lors d'un échange avec lui, il a gentiment pris de vos nouvelles et la seule chose qu'Adam a trouvé à répondre c'est : « Elle va sûrement très bien ! »

Je n'arrivais pas à croire ce que j'entendais, comment Adam pouvait-il faire ça. Sentant la tension grimper, Charlie reprit les commandes de la réunion.

— Madame ! Messieurs ! Je vous prie de bien vouloir vous installer, nous avons une réunion à commencer. Plusieurs sujets doivent être abordés et malheureusement je n'ai que très peu de temps à vous accorder !

J'obtempérai alors et m'assis sans aucune autre remarque. Ce qu'il venait de dire me laissait perplexe. Je ne pensais pas qu'il mentait, il était bien trop fier d'avoir annoncé ça, devant plusieurs autres chefs. Cependant, la réponse de mon mari me perturbait, à croire qu'il n'était pas au courant de mon état.

Charlie se leva de son fauteuil.

— Tout d'abord, avant de commencer, je souhaite la bienvenue à la nouvelle Alpha d'Analheime. Nos deux meutes ont toujours été très proches et j'espère poursuivre notre collaboration.

Je souris et inclinai la tête en signe d'acceptation. Il continua en évoquant tous les points de la réunion.

Juno m'avait vaguement raconté comment Charlie et Adam étaient devenus amis. Grâce à cela, les deux meutes collaboraient en parfaite harmonie. Avant de devenir l'Alpha de Boston, Charlie était le fils d'un chef qui habitait au Québec. Il avait dû quitter les siens, ne supportant plus de se faire dominer. Son besoin de commander se faisait plus pressant. Arrivé aux États-Unis, Asulf le père d'Adam et chef du Cercle l'avait accueilli. Il le nomma à la tête d'une petite meute, voisine de celle d'Adam. Les deux jeunes Alpha avaient sympathisé et s'entraidaient dans leurs obligations. Quelques années plus tard, l'Alpha de Boston mourut, sans descendance. Asulf hésita entre son fils et Charlie. Les deux loups étaient prêts à prendre les rênes d'une plus grande meute et d'obtenir un plus grand pouvoir au sein du Cercle. Sauf qu'Adam refusa. Il savait que les membres de son clan ne supporteraient jamais d'être en ville et certains étaient encore bien trop marqués par leur passé. La nature sauvage d'Analheime leur permettait de retrouver une certaine paix. Son père accepta et salua son fils pour son dévouement et son extrême bonté.

Comme Adam m'avait expliqué un jour, un véritable chef ne se mesurait pas à la force de la mâchoire. Mais à l'écoute, l'empathie, la compréhension, la bonté et le courage. Voilà ce qui définissait un véritable Alpha. Malheureusement, certain comme Swayn Skelton, l'avait oublié depuis bien longtemps.

Quand Bran prit la succession, certains loups changèrent. La force et la violence prirent le dessus, personne n'osait se dresser contre la cruauté et la brutalité qui régnaient en maîtres. La nouvelle doctrine du plus fort, imposé par Bran, les rendirent comme ça.

Pourtant il y a quelques mois tout avait changé. Mon retour à Analheime, l'arrêt de l'épidémie et la révélation du terrible secret de Bran, les avaient transformés. Les loups qui terrorisaient leurs meutes furent vite remis à leur place. Certains furent même expulsés des États-Unis.

Je fus rapidement sortie de mes pensées, quand j'entendis Charlie m'appeler.

— Carrie ?

— Euh… Oui ?

— Que penses-tu de ton premier mois en tant qu'Alpha ? As-tu rencontré des difficultés particulières ?

— Non, pas jusqu'à maintenant. Ma meute me soutient énormément et j'apprends peu à peu mes devoirs. Éventuellement, le seul point noir serait celui des finances. À quel moment je dois rendre mes bilans financiers à Adam ? Je sais qu'il devait voir Bran à chaque fin de mois.

— En effet. Bran souhaitait que ça passe exclusivement par lui. Mais Adam a délégué ça à Andrew, car il gérait déjà les comptes avec Bran. Adam ne s'occupe que des cas préoccupants. Il faudra voir avec Andrew, quand tu dois les rendre.

J'acquiesçai à contrecœur. Même là, je ne pourrais pas voir mon mari.

— Bon, s'il n'y a pas plus de questions, j'annonce la fin de notre première réunion. N'hésitez pas à revenir vers moi si vous avez besoin de quoi que ce soit.

En prononçant cette dernière phrase, il tourna son regard vers moi.

La réunion terminée, je sortis du bâtiment et aperçus Swayn. Au moment de rentrer dans sa voiture, il me lança un sourire diabolique qui me fit frissonner. Sur le trajet du retour, je ne pus m'empêcher de penser à ces paroles. Je ne pensais pas un seul instant que mon mari avait pu dire une chose pareille. En rentrant, je racontai à la meute ce que Swayn avait dit. J'essayais de faire bonne figure devant les autres, mais la vérité était tout autre.

Ce soir-là, j'attendis qu'ils soient tous couchés pour sortir sur la terrasse, profiter de l'air frais et essayer de joindre Adam, encore une fois. Il ne répondait à aucun de mes messages et appels. Mais j'avais ce besoin irrépressible de l'entendre, parfois même, je l'appelai sans laisser de message, juste pour entendre sa voix sur la messagerie. J'appuyai sur la touche d'appel de mon téléphone et tombai sans surprise sur sa boîte vocale.

« Bonjour, vous êtes sur la messagerie d'Adam Warlock ! Laissez-moi un message et je vous rappellerai dès que possible. Merci, au revoir. »

— Bonsoir Adam ! C'est encore moi... Tu vas bien ? Je voulais savoir quand est-ce que tu passerais à Analheime ? Tu me manques tellement... Je t'aime.

Au bout d'un mois et demi d'absence, je ne savais plus quoi lui dire. Je raccrochai dans un soupir en laissant couler mes larmes.

Je restai dehors un bon moment avant de me coucher. En entrant dans la chambre, j'enfilai une de ses chemises comme pyjama et m'allongeai à sa place

Depuis son départ, je m'étais réinstallée dans notre chambre, c'était le seul endroit où je trouvais le sommeil.

Ce matin en me levant, je fus prise de nausée. Un tas de travail m'attendais et je ne pouvais pas me permettre de rester sans rien faire. Lorsque je descendis prendre mon petit-déjeuner, les odeurs qui émanaient de la cuisine et qui habituellement me procuraient une faim de loup, me donnèrent le tournis et je sentis mon estomac se tordre. Me voyant m'effondrer, Sélèné qui se tenait près de moi, eut à peine le temps de me rattraper. Juno qui était attablé, se précipita vers moi pour m'aider à m'allonger sur le canapé. Quelques minutes s'écoulèrent quand je rouvris les yeux. J'aperçus Juno à mes côtés en train de me prendre la tension.

— Juno ?

— Chut... Repose-toi.

— Que s'est-il passé ?

— Rien de grave, tu as fait un malaise. Je vérifiais simplement ta tension pour être sûr.

— Je… Je crois que ce sont les odeurs.

— Je le pense aussi…

— Je peux aller travailler ?

— Carrie ! En tant que médecin, je devrais t'interdire d'y aller et t'obliger à te reposer. En tant qu'ami… Je sais que tu as besoin de ça pour tenir. Alors tu peux, mais à une condition !

— Laquelle ?

— Que tu rentres et que tu nous appelles si tu ne te sens pas bien ! Compris ?

— Promis. Merci Juno…

— Je t'en prie.

Lorsque je me relevai, je fus prise d'un haut-le-cœur et Sélèné se dépêcha de tout enlever avant que ça ne recommence. Quand elle releva la tête, elle découvrit ma mine déconfite. Pensant certainement qu'après ce qu'il venait de m'arriver, je n'avais plus faim. Mais c'était tout le contraire. Elle s'excusa rapidement et je la rassurai en disant que je mangerai à midi et qu'il valait mieux laisser reposer mon estomac avant le déjeuner.

Comme à son habitude, Anna vint me chercher pour aller déjeuner, chez Madame Stevenson. Malheureusement, quand elle ouvrit la porte du restaurant, je compris que ce n'était pas un aliment particulier qui me donnait la nausée, mais tous.

— Anna… Je ne me sens pas bien…

— Carrie ! Qu'est-ce qu'il t'arrive ?

— J'ai envie de vomir… Je ne supporte plus ces odeurs.

Pourtant, en voyant un steak tartare passer devant moi, j'eus une violente envie de me jeter dessus. Ce n'était pas le genre de plat que j'affectionnais, bien au contraire, je haïssais la viande crue. J'émis un faible grognement en regardant le client le manger sous mes yeux et Anna me serra légèrement le bras. Elle me regardait complètement interloquée.

— Carrie ! Ça va ?

— Je… Je ne sais pas. C'est bizarre… J'ai une envie de viande crue.

— Oui, j'ai remarqué ! J'ai même pensé que tu allais te jeter sur lui !

— C'est vrai ! Je ne m'en suis pas rendu compte… Désolée.

— Ne t'inquiète pas. Allez, viens ! On va s'asseoir avec Juno.

Une fois installées, la conversation tourna rapidement sur la découverte de ma violente envie de viande fraiche. D'ailleurs, quand je commandai un steak tartare, j'aperçus Maggy se déconfire sur place. Elle me fit gentiment remarquer que ce genre de plat n'était pas adapté à mon état. Vu le regard foudroyant que je lui lançais, elle prit note de ma commande et s'éloigna rapidement. En revenant, elle me tendit mon assiette et tout en souriant, me lança : « Ah ! Les envies de femmes enceintes ! »

Pendant que je dégustais mon steak en soupirant, Juno me lança avec un grand sourire :

— Alors comme ça on a des envies de femme enceinte ?

— Eh bien… On dirait. Mais je ne pensais pas que ça m'arriverait, surtout aussi tardivement ! Peut-être que Maggy a raison, je ne devrais pas manger de viande crue.

— Crois-moi, Carrie, si c'était vraiment néfaste pour toi, je me serais interposé. Je ne l'ai pas fait parce que tu attends un homme-loup et que techniquement la viande est plutôt recommandée pour ta grossesse.

— Oui, mais regarde ce matin ! J'ai eu des nausées et des vomissements !

— En effet ! Mais aucun aliment n'était de la viande.

— Donc… Si je comprends bien ton raisonnement, je devrais manger uniquement de la viande crue jusqu'à l'accouchement ?

— Je ne sais pas… Nous devrions essayer la viande cuite. Ça permettrait de varier un peu ton menu. Parce que je ne suis pas sûr que le suprême de steak se décline en dessert.

Je n'avais pas pu retenir un éclat de rire. Heureusement que je l'avais avec moi, que je les avais tous à mes côtés. Aujourd'hui, encore plus qu'hier, je pouvais compter sur chacun d'entre eux. Nous étions unis dans ce moment douloureux, Adam nous manquait à tous. De plus, à ce jour, personne ne savait ce qui s'était passé avec Bran et savoir que l'assassin courait toujours, me glaçait le sang. Mon mari était en vie, je le sentais grâce à notre lien.

Depuis mon retour à Analheime, tous les habitants m'avaient accueillie avec beaucoup de bienveillance. Le seul avec qui le contact restait difficile était O'connor. Son obsession de tuer le loup noir, Alpha de la meute d'Analheime, était de plus en plus dévorante. Il m'avait suivie à plusieurs reprises, dans l'espoir de le revoir. Pour son plus grand malheur, il n'était jamais apparu, puisqu'il s'agissait d'Adam.

Mais je m'inquiétais pour mon bébé, car les jeunes hommes-loups ne maîtrisaient pas leurs transformations. Je me voyais mal me promener avec un bébé qui avait soudainement pris l'apparence d'un

louveteau. Je savais que je devrais le protéger de tout
ça les premiers temps et pour m'aider, je pouvais
compter sur la meute.

CHAPITRE 3

Adam

Ce que Carrie ignorait, c'est qu'à Lincoln, dans le Nebraska, Adam avait fort à faire, entre les demandes des uns et les interrogations des autres. De plus, l'ombre du meurtre de Bran planait au-dessus de sa tête. Quand Sleek se gara dans l'arrière-cour de l'immense demeure qui abritait les bureaux d'Adam et de tout son personnel, Carrie n'aurait jamais pu imaginer un seul instant ce qui se passait. Andrew attendait patiemment que Sleek arrive.

— Andrew !

— Salut, Sleek ! Alors des nouvelles sur les traqueurs ?

— Malheureusement non… Ils ont beau avoir une odeur de sang, le gros problème avec ces bestioles, c'est que quand ils sont sous formes humaines, ils ne sentent plus rien ! J'ai perdu leur trace à New York. Depuis, mon équipe et moi ne faisons que tourner en rond ! Ça me rend dingue !

— Ne t'inquiète pas ! Nous avons confiance en toi ! Tu vas bien finir par les retrouver !

— Oui, mais quand ? Dans dix ans ! Andrew, personne ne peut les démasquer sous forme humaine !

— Si… Carrie !

— Mais, elle n'est pas là et je pense qu'elle a autre chose à faire en ce moment ! Vous lui avez mis un énorme poids sur les épaules en faisant d'elle une Alpha !

— Je le sais, grommela Andrew. Adam en a conscience. C'est lui qui a pris cette décision, et pour l'instant, on ne peut pas dire qu'il soit mauvais dans l'exercice de ses fonctions ! Il gère parfaitement la situation avec les meutes.

— Mouais… Je ne doute pas de ses capacités ! Entre un meurtre de sang-froid, des traqueurs invisibles et des Alphas, on ne peut plus exigeant, pour un empire je ne voudrais pas sa place, le pauvre. D'ailleurs tu m'as parlé de Carrie, tu as des nouvelles ?

— Oui, elle va bien.

— Euh… C'est tout ? Juste elle va bien…

— Oui. C'est tout ce que tu as à savoir.

— Je trouve ça un peu limite ton attitude. Carrie est une amie et la femme d'Adam, tu pourrais au moins avoir l'amabilité de m'en dire plus.

— Si tu savais ne serait-ce qu'un quart de ce qui se passe, elle mourrait. Je fais ça pour sa protection et celle de sa meute.

— Bien… Dans ce cas, je me contenterai d'un « Elle va bien ! »

— Parfait ! Si nous sommes d'accord, je te laisse faire ton rapport à Adam, il t'attend dans son bureau.

— Ok, merci !

Une fois parti, Sleek ne tarda pas à rejoindre le bureau d'Adam. Ce qu'Andrew venait de lui révéler au sujet de Carrie, l'inquiétait beaucoup. Quand il se trouva devant la porte, il frappa.

— Entrez !

— Bonjour, Adam ! Je viens te faire mon rapport concernant les traqueurs.

— Justement je t'attendais ! Assieds-toi, nous avons à parler.

Sleek s'installa sur une des chaises libres en face de lui et prit la parole.

— Nous sommes remontés jusqu'à New York. Hélas ! Nous avons perdu leur trace à ce moment-là. Ils se sont fondus dans la masse et retransformés en humains. Ça fait déjà cinq jours que nous ne savons plus où chercher. Je pense que nous sommes sur une mauvaise piste depuis le début…

— En effet… Ils n'auraient jamais pu opérer ce meurtre d'aussi loin.

— Tu penses qu'il y a quelqu'un d'autre là-dessous ?

— Peut-être bien… écoute Sleek ! J'ai choisi les meilleurs loups pour cette mission. J'ai entièrement confiance en toi. Retournes-y et va voir Garry Hadrick, c'est l'Alpha de New York. Je vais le contacter pour qu'il te donne toutes les infos. Il connaît des loups qui traînent dans des endroits peu fréquentables, ils devraient pouvoir vous aider.

— Tu connais vraiment tout le monde !

— C'est mieux quand on est le chef.

— Merci beaucoup, Adam ! Ah oui ! Je voulais te poser une question.

— Je t'écoute ?

— Comment va Carrie ?

— Eh bien… Je crois qu'elle va bien.

— Pardon ?

— Elle est extrêmement occupée et nous n'avons pas forcément le temps de nous téléphoner. Mais je sens qu'elle va bien.

— Ouais… J'ai essayé de l'appeler plusieurs fois. Elle n'a jamais décroché.

— Je sais, Sleek… J'ai moi-même essayé. C'est ce que je t'explique.

— Dans ce cas, Adam, si tu arrives à l'avoir, passe-lui le bonjour !

— Avec plaisir !

En sortant, Sleek lança un regard inquiet à Adam. Les traqueurs couraient dans la nature et personne n'arrivait à joindre la meute d'Analheime. Lorsqu'il referma la porte, Adam poussa un long soupir et sortit son téléphone.

« Bonjour ! Vous êtes sur le répondeur de Carrie Molier, je ne suis pas disponible pour le moment et je vous appellerai dès que possible ! Merci, au revoir. »

— Bonjour, ma chérie à ce que je vois, tu n'as toujours pas changé ta messagerie ! Je voulais savoir comment tu allais ? Appelle-moi s'il te plaît, je sais que je n'ai pas été le mari parfait, ni même celui que je t'ai promis d'être. Mais je t'aime et je m'inquiète pour toi. Malheureusement avec ce qu'il se passe, je ne peux pas me libérer pour l'instant. Prends soin de toi. Je t'aime.

À peine venait-il de raccrocher, qu'Andrew frappa à la porte et entra.

— Je te dérange Adam ?

— Non, vas-y…

— J'ai des nouvelles des traqueurs que Sleek recherche.

— Je t'écoute.

— Eh bien, comme tu me l'avais demandé avant ton entretien avec lui, j'ai contacté Garry. Il m'a informé que certains de ses loups avaient remarqué des agissements particuliers ces derniers jours du côté de Brooklyn.

— De quel genre ?

— Achat de viande fraîche en très grande quantité, de nombreux va-et-vient de plusieurs berlines noires, ainsi que cet homme !

Il jeta alors des photos d'un homme qu'Adam reconnut facilement. C'était Vérislav, le chef des traqueurs et père d'Esther, celle qui avait essayé de tuer Carrie quelques années auparavant.

— Qu'est-ce qu'il vient faire ici ?

— Je n'en sais rien…

— Pourquoi ils ont besoin de tout ça ? Tu as des informations concernant ces caisses ?

— Non, pas de traçabilité pour l'instant.

— Il va falloir la jouer fine sur ce coup. J'appelle tout de suite Sleek…

— C'est déjà fait.

— Parfait ! Merci, Andrew.

— Je t'en prie. Je suis ton cousin après tout et puis nous parlons de l'assassinat de mon père. Je suis prêt à n'importe quoi pour retrouver le tueur.

— Je sais que c'est difficile pour toi et malheureusement nous n'avançons pas beaucoup. Mais ce que tu viens de trouver va peut-être faire accélérer l'affaire.

— J'espère bien, Adam !

De son côté Sleek était reparti vers New York rencontrer Garry et ses loups, pendant qu'Adam continuait ses missions. Il se déplaçait de meute en meute pour régler différents besoins et problèmes rencontrés. La plupart restaient futiles, mais parfois il devait intervenir personnellement, comme lorsqu'un loup solitaire avait rogné un peu trop sur le territoire d'un jeune Alpha, n'ayant pas assez d'expérience pour aller se frotter à plus gros que lui. Adam dut rappeler à celui-ci les règles établies concernant les solitaires et en contrepartie, il lui attribua un plus grand espace de chasse. Comme son père avait dit un jour : « Les solitaires ne sont pas nos amis, mais ne sont pas non plus nos ennemis. Le plus dur avec eux, c'est de trouver le juste milieu. Écoute-les et essaie d'accéder à leur demande, ils ne seront que plus dociles. Un solitaire heureux est un solitaire stable, donc des problèmes en moins ! » Les deux hommes satisfaits de la proposition d'Adam retournèrent chacun de leur côté en se serrant la main. Il venait encore d'éviter un conflit et tout en soupirant, Andrew s'approcha doucement de lui.

— Tu te débrouilles de mieux en mieux !

— Tu trouves ?

— Oui ! Tu prends ton rôle de plus en plus au sérieux. Ton travail est de bien meilleure qualité mon cher cousin.

— Merci Andrew. C'est grâce à toi aussi. Tu es toujours là pour m'épauler et pour m'aider.

— Et c'est normal ! Je suis ton bras droit.

Tout en lui assenant une tape à l'épaule, Adam sortit son téléphone en riant.

— Qu'est-ce que tu fais ?

— J'essaie de joindre Carrie…

— Laisse tomber vieux, On n'a pas le temps ! Il faut déjà repartir ! Je t'ai dit, il y a le fils de Malcom qui a mangé une brebis ! Il faut qu'on trouve une solution rapidement avant que ça ne parte en cacahuète ! Et pour ça, tu es l'homme de la situation.

— Andrew… je comprends. Mais je n'arrive pas à la joindre ! Tu peux essayer de voir s'il n'y a pas un souci sur la ligne ? Elle doit penser que je me fiche complètement d'elle.

— N'importe quoi ! Tout le monde sait que Carrie est folle amoureuse de toi et que vous êtes faits pour être ensemble.

— Peut-être… Mais ça fait quand même un moment que je ne l'ai pas eu et… elle est enceinte.

— Oui ! Bah écoute je vais voir ce qu'il se passe et toi, tu gères la brebis.

— D'accord ! Merci, Andrew.

— Je t'en prie ! Allez, viens !

Tout en rigolant, Adam s'installa au volant du 4x4 et partit avec Andrew en direction de la ferme.

Une fois sur place, Adam sortit de la voiture, pendant qu'Andrew restait pour gérer le problème de la ligne téléphonique. Ils venaient d'arriver à West Yellow, une ville proche du parc de Yellowstone. Grâce à de nombreux contacts, Adam possédait tous les accès aux différents zoos et parcs nationaux des États-Unis, ce qui permettait de couvrir rapidement les erreurs des loups.

Adam entendit des éclats de voix sur sa droite, il se précipita dans cette direction et trouva rapidement l'origine du bruit. Malcom et un autre homme étaient en pleine conversation. Pour un œil humain, tout semblait normal, mais pour celui d'un homme-loup, il n'en était rien. L'expression des deux individus dissimulant à peine leur état de nervosité confirma à Adam qu'une dispute était proche. L'homme qui devait être le berger, tenait un chien par le collier. Adam comprit à sa posture qu'il était furieux, le buste en avant, les épaules remontées, le regard noir et la mâchoire serrée.

Tout en continuant à s'approcher, il entendit le berger répondre à Malcom que c'était un de ces animaux du parc qui avait fait ce carnage. Vu la mine grave qu'affichait Malcom, Adam sut qu'il devrait se montrer persuasif.

Le berger rétorqua :

— J'ai vu ce maudit loup partir en direction de votre maison ! Hélas, je n'ai pas trouvé de trace de cette bestiole ! Mais, je suis sûr qu'elle vit chez vous, Malcom ! Avouez ! Vous la cachez !

— Écoutez ! Je ne vous cache rien, venez faire un tour à la maison. Vous verrez !

— Messieurs ! Calmez-vous, je vous prie !

Les deux hommes se retournèrent brusquement. Malcom soupira, soulagé de voir Adam.

Il tendit la main aux hommes et se présenta au berger.

— Bonjour monsieur, je suis un des vétérinaires du parc et je suis en charge de ramener ce loup sur son lieu de résidence. Ne vous inquiétez plus, il sera de retour chez lui, dès ce soir.

— Ah ! Vous croyez ? Déjà, pour ça, il faudrait retrouver cette bête ! Quoique… regardez d'abord chez cet homme si l'animal ne s'est pas faufilé dans sa grange pour se planquer ! Pour finir de déguster ma brebis ! Vous savez combien elle m'a coûté ?

— Justement, pourriez-vous me donner un prix ? Étant donné que c'est l'un de nos loups, nous devons vous dédommager.

— Oh… ! Eh bien, disons… 500 dollars ! Je pense que c'est un prix correct. C'était la meilleure ! J'ai gagné plusieurs prix avec elle ! Elle vaut au moins ça !

Adam soupira et tira de sa poche une liasse de billets et la tendit au berger.

— Vous pouvez vérifier. Le compte y est.

L'homme, méfiant, recompta scrupuleusement. Son sourire s'élargit. Ravi, il tendit la main à Adam.

— Merci, monsieur ! Mais par pitié, faites quelque chose avec ses fichus loups ! J'ai accepté de passer l'éponge pour cette fois, mais je ne n'accepterai plus votre argent. Si nous devons être amenés à nous revoir, ce sera devant les tribunaux !

Adam hocha la tête et l'homme disparut rapidement.

Malcom qui n'avait pas dit un mot depuis l'arrivée d'Adam s'approcha doucement.

— Merci beaucoup ! C'était moins une. Je te revaudrai ça !

— C'est bon. Ne t'inquiète plus. Mais je te conseille à l'avenir de faire très attention. Tu es le chef de ta meute, s'il arrive quoi que ce soit, c'est à toi de prendre en charge les problèmes ! Je suis simplement censé vous superviser et vous apporter mon aide, quand vous êtes totalement dépassés. Pas pour ce genre de futilité ! Malcom, si tu ne peux plus gérer ta meute, alors un autre loup le fera. Ai-je été clair ?

Malcom baissa la tête et acquiesça, tandis qu'Adam repartait déjà pour le Nebraska où un rendez-vous les y attentait.

Tout en maugréant, Andrew rangea son téléphone et rentra dans la salle de réunion. Carrie l'énervait passablement. Adam le voyant se glisser discrètement dans la pièce le regarda d'un œil interrogateur. Andrew lui fit signe que ce n'était pas grave. Il continua alors pendant près de deux heures et lorsque enfin la réunion se termina, Adam interpella son cousin.

— Andrew ?

— Oui ?

— Qui était-ce tout à l'heure ?

— Oh ! Rien de grave, juste Malcom pour me dire que tout roulait parfaitement depuis que tu étais venu, mentit Andrew.

— C'est gentil à lui de nous tenir au courant. Je dois le rappeler ?

— Non ! C'est tout bon !

— Parfait ! Tu tiens ton rôle à la perfection ! Je ne sais pas comment je ferais sans toi.

— Eh bien… Je pense que tu y arriverais quand même !

— Pas aussi bien ! D'ailleurs, tu as pu voir pourquoi je n'arrivais pas à joindre Carrie ?

— Euh, oui…

— Je peux l'appeler ?

— En fait, Adam, il n'y a pas de problème sur la ligne…

— Comment ça ?

— Je ne sais pas trop comment te le dire…

— Me dire quoi, Andrew ?

— Elle refuse de te parler. Elle ne veut pas avoir affaire à toi, elle dit que tu l'as abandonnée.

Adam se figea sur place, blessé et meurtri.

— Je dois l'appeler ! Il faut que je lui parle !

— Adam ! Elle refuse ! Je suis désolé, elle ne répondra pas, ni au portable ni à la maison ! Écoute, je sais que c'est difficile à entendre, mais il faut te ressaisir et vite ! Des meurtriers courent les rues, Sleek est à New York avec Garry pour enquêter sur le meurtre. De plus, tu as à gérer une bande de vieux Alphas ronchons et exigeants ! Adam, tu ne peux pas te permettre de te disperser et te perdre dans ta vie sentimentale. Si tu fais ça, tu seras toi aussi condamné ! Et j'ai déjà enterré mon père. Je ne veux pas encore enterrer un membre de ma famille.

— Tu as raison, Andrew. Je n'ai pas le droit de me laisser envahir par mes sentiments. Il faut que je me concentre sur l'enquête et en tant que chef, je dois répondre aux besoins des miens. Annule mon rendez-vous à Analheime le mois prochain et donne-moi les dernières informations concernant l'enquête et les besoins des meutes.

Andrew se mit à sourire en l'entendant prononcer ces mots. À présent, il savait que plus rien ne pourrait se mettre en travers de son chemin.

CHAPITRE 4

Sleek

Pendant ce temps, Sleek venait d'atterrir à l'aéroport John F. Kennedy de New York et s'empressa de rejoindre son équipe de recherche dans un motel de Brooklyn. Quand il ouvrit la porte, il aperçut deux loups guetter par la fenêtre les agissements des habitants du quartier.

— Bonsoir, Sleek !

— Du nouveau ?

— Oui. Un nouveau chargement est arrivé ce matin et Vérislav vient juste d'entrer, il semblait très tendu.

— Vous avez pu voir avec qui il avait rendez-vous ?

— Non, cette personne prend le plus grand soin à ne pas se montrer. De plus, l'accueil est différent à chaque fois.

— Parfait, continuez la surveillance. Je dois aller voir Garry Hadrick, l'Alpha de New York. Je reviens tout à l'heure !

Une fois reparti, il se rendit en plein centre de Manhattan, dans un immense building. Garry était le chef d'une entreprise internationale. Ses nombreux contacts permettraient à Sleek d'avancer dans ses recherches.

En entrant, une secrétaire l'attendait dans le hall. Elle le conduisit au dernier étage de la tour. Juste avant d'entrer, elle le fit patienter un instant devant la porte du bureau.

— Monsieur Hadrick, votre rendez-vous de quatorze heures vient d'arriver. Puis-je le faire entrer ?

— Oui, je vous remercie.

Elle sortit en souriant et s'adressa à Sleek.

— Vous pouvez entrer ! Monsieur le président vous attend.

Lorsqu'il franchit la porte, il vit un homme debout, face à une fenêtre démesurée qui offrait une vue imprenable sur Times Square. La lumière du soleil se reflétait sur un bureau blanc immaculé. Quand il se retourna, Sleek sentit le pouvoir de l'Alpha l'envahir. Il ne put s'empêcher de baisser les yeux et de courber l'échine. Le seul loup qui avait réussi à lui faire cet effet était Bran. Cela ne faisait aucun doute, Garry était bien plus vieux qu'il n'y paraissait. Cet homme de taille moyenne, les yeux bleus, blond comme les blés et fin comme une allumette, ressemblait plus à un sexagénaire proche de la retraite, qu'à un des plus puissants Alphas des États-Unis. Sleek le savait, seuls les anciens hommes-loups étaient capables d'une telle force. Il le regarda avec insistance, comme s'il l'évaluait. Soudain, son regard s'adoucit et tout en inspirant profondément, il relâcha la tension et Sleek put enfin se libérer de son aura.

— Bonjour, Sleek. Andrew m'a averti de ta venue. Apparemment, vous auriez besoin de mon aide ?

— Bonjour, monsieur Hadrick. Comme vous le savez, Bran a été assassiné. Adam m'a envoyé enquêter sur les meurtriers. *A priori* Verislav, le chef des traqueurs, serait derrière tout ça, mais nous pensons qu'il n'a pas pu agir seul. Certains de vos loups ont repéré des agissements anormaux dans un quartier de Brooklyn. J'ai posté mes gars dans un motel, en face de la demeure. Beaucoup de va-et-vient s'enchaînent et de nombreuses caisses remplies de viandes apparaissent. À l'heure actuelle, nous ne savons pas d'où elles proviennent. C'est pour cela que je sollicite votre aide.

— Eh bien ! Je vois que tu as réussi à racheter ton comportement aux yeux du nouveau chef… je me demandais, comment as-tu fait ?

— Carrie et moi sommes amis. Et Adam a pleinement confiance en moi.

— Alors c'était vrai ce que l'on racontait… reprit Garry. Tu es véritablement un ami de la nouvelle Alpha d'Analheime… intéressant. Je trouve cette femme remarquable ! Capable de tenir tête à l'un des loups les plus puissants ayant existé. Ce qui me navre, c'est qu'elle ne se rend même pas compte de ses capacités. Carrie est bien plus forte que nous, bien plus forte que moi… Un jour, elle prendra conscience de qui elle est véritablement et ce jour-là, vous comprendrez tous son véritable pouvoir. Les descendants d'Azael ne sont pas nés pour être soumis, le loup qui est en elle ne tolérera pas encore longtemps d'être traité ainsi.

— Désolé de vous contredire ! Carrie a certes du sang de loup et elle a pu tenir tête à Bran, mais en aucun cas elle ne peut être réellement un homme-loup. Elle ne possède pas assez de sang d'Azael pour pouvoir se transformer.

— Je n'en serais pas aussi sûr, si j'étais toi… mais passons. Revenons à notre sujet de départ, le meurtre de Bran. Ma meute a identifié trois personnes. Deux d'entre eux dépendent d'un abattoir près d'ici et l'autre est le bras droit de Vérislav. Je suis d'accord avec Adam, je ne pense pas que les traqueurs soient les organisateurs de tout cela, mais plutôt les exécutants. Je pense que la nourriture doit être une compensation.

— Auriez-vous des pistes sur le ou les tueurs ?

— Non, malheureusement… en promulguant la loi contre le mariage humain et homme-loup, Bran s'est fait beaucoup d'ennemis. Il y a plus de potentiels tueurs, que de troupeaux de caribous dans le pays !

— Je vois… Allez-vous nous aider ?

— Bien évidemment ! Je n'appréciais guère Bran, mais savoir qu'un Alpha de sa trempe a pu se faire tuer aussi facilement, m'inquiète profondément. Aucun de nous n'est en sécurité aujourd'hui. Je vous fournirai toute l'aide dont vous avez besoin.

— Merci, monsieur Hadrick ! Dans ce cas, j'ai un plan qui pourrait fonctionner.

— Appelez-moi Garry. Bien… Alors, commençons !

Pendant près de deux heures, Sleek expliqua son plan. Il connaissait un loup solitaire à New York, c'était un vieux compagnon d'armes. Il lui avait demandé d'infiltrer l'abattoir qui fournissait la viande. Pour l'instant, il n'avait aucun retour de son ami et espérait en avoir rapidement. Mais il avait surtout besoin de Garry et de sa meute pour espionner les traqueurs afin de savoir d'où provenaient toutes ces commandes. Avec seulement deux loups disponibles, Sleek ne pouvait pas faire grand-chose. Il l'informa que par sécurité et pour plus de discrétion, Adam et Andrew étaient les seuls à être au courant de ce qui se passait.

CHAPITRE 5

Carrie

De mon côté, j'avais fort à faire. Mes clients étaient toujours aussi nombreux, mais mon état physique ne me permettait plus de faire des heures à rallonges. J'étais à trois mois de grossesse et je fatiguais de plus en plus. J'avais demandé à Moïra de m'aider pour la paperasse et les prises de rendez-vous. La pauvre se partageait alors en deux. Le matin avec moi et l'après-midi à l'hôpital. Juno n'avait plus tellement de temps libre, étant un ancien médecin urgentiste, il reprit la patientèle d'Adam en plus de son travail de dentiste. Je n'arrivais toujours pas à joindre Adam, et Andrew refusait de me le passer en disant qu'il était trop occupé.

Ce jour-là, je tombai une énième fois sur son répondeur. Sans regarder l'heure, j'appelai immédiatement Andrew, il fallait que je parle à mon mari, cela faisait bien trop longtemps maintenant. J'attendis quelques sonneries et enfin il décrocha.

— Carrie ! Excuse-moi, je suis en réunion tout va bien ?

— Non, ça ne va pas ! Passe-moi Adam, maintenant !

— Carrie ? C'est quoi le souci !

— Le souci ? Tu es sérieux ? Tu me demandes vraiment ce que c'est !

— Oui… Que se passe-t-il ?

— Je veux que tu me passes mon mari, immédiatement !

— Il… Il n'est pas là. Il n'est pas avec moi.

— Ah oui ? Vraiment ? Dans ce cas, depuis quand tu as le droit de faire des réunions tout seul ?

— Depuis que je suis son bras droit… son suppléant quoi.

Quand il prononça ces mots, j'éclatai alors en sanglots. Les hormones me rendaient folle, je pouvais rigoler et fondre en larmes la seconde d'après. J'étais devenue hypersensible et lorsque ma meute devait m'annoncer quelque chose, il envoyait Juno au casse-pipe, car lui seul pouvait m'apaiser. Pendant que je versais toutes les larmes de mon corps, Andrew continua gentiment.

— Je sais que ce n'est pas facile pour toi… mais ça l'est encore plus pour lui.

— Je… je sais. Andrew… il me manque.

— Ne t'inquiète pas il devrait bientôt passer.

— C'est vrai ! Quand ?

— D'ici un mois normalement. Je suis arrivé à lui trouver un créneau ! mentit-il.

— Oh ! Merci beaucoup, Andrew !

— Je t'en prie ! Désolé, je dois y retourner ! À plus, Carrie !

En raccrochant, j'avais retrouvé le sourire. Adam revenait d'ici un mois, avant mon accouchement. C'était mieux que prévu.

Ma grand-mère, sachant les difficultés que nous avions à joindre Adam, était venue à la maison le lendemain midi. Je l'informai alors de la bonne nouvelle concernant le retour inespéré de mon mari. Elle fut heureuse d'apprendre qu'il revenait enfin nous voir.

Pour une fois, notre repas fut joyeux et animé, ce qui changeait un peu de ces derniers jours. En début de soirée, nous nous installions au salon pour continuer notre conversation. Mais à peine venais-je de m'allonger sur le canapé, que je m'endormis d'épuisement. Ma grand-mère soupira et demanda à Juno de venir avec elle sur la terrasse. Une fois dehors, elle commença la conversation.

— C'est Adam qui vous a appelé ?

— Non ! Il est injoignable.

— C'est Andrew ?

— Oui, nous lui avons expliqué la situation et Carrie l'a harcelé pour qu'Adam accepte de venir, malgré un emploi du temps chargé.

— Pardonne-moi, Juno, mais je commence sérieusement à douter d'Andrew…

— Comment ça ?

— Tu ne trouves pas ça bizarre toi, que son père se soit fait assassiner ? Je n'appréciais guère Bran, même après sa rédemption, mais il avait le mérite d'être fort et de s'entourer des meilleurs loups. Surtout qu'il était extrêmement doué en stratégie et en combat au corps à corps. Les traqueurs ne l'auraient jamais attaqué de front, ils le craignaient. Et comme par hasard, c'est Adam qui a hérité du poste. Il ne pouvait pas refuser une seconde fois, sinon il serait passé pour un faible et vous auriez subi de violentes attaques. De plus, les personnes qui ont tué Bran, savaient que Carrie deviendrait la nouvelle Alpha. Malheureusement, sa grossesse l'affaiblit et elle devient vulnérable. Nous n'arrivons pas à joindre Adam, pourquoi ? Ce n'est pas normal ! Bran était joignable à tout moment. Je doute fortement qu'il soit au courant de son état actuel. Il l'aime trop pour lui faire ça !

Ou alors je me trompe et dans ce cas, il est pire que son oncle.

— Figure-toi, que je me suis fait la même réflexion... Bran assassiné ? Pourquoi ? Dans quel but ? Je suis d'accord, les traqueurs n'auraient jamais fait ça, enfin, du moins, pas comme ça. Et nous savons tous pourquoi Adam est devenu le nouveau chef. En revanche, je n'avais pas pensé à ta réflexion sur Carrie… Je dois l'avouer, cette histoire est bizarre. Mais j'ai du mal à imaginer Andrew derrière tout ça.

— Je n'ai jamais accusé Andrew d'avoir tué son père ! Même si je m'en méfie, à cause de son ambition surdimensionnée. J'ai juste dit qu'il ne faisait pas passer toutes les informations à Adam… Nuance.

— Dans quel but ? Il ne peut pas devenir le chef du Cercle. À quoi ça lui sert de ne rien dire à Adam ! De toute manière, il va bien finir par l'apprendre.

— Oui, mais dans combien de temps Juno ! Car ce sera peut-être trop tard quand il le saura !

— Tu sais où il se trouve actuellement ?

— Non. Mais, il doit bien avoir un Alpha ou un loup, autre qu'Andrew, qui doit savoir où est Adam !

— Je ne sais pas, Abi. Sleek, peut-être ?

— Hum… non j'ai entendu dire qu'il est en mission.

— Je vois…

— Bon ! Mon cher Juno, il est temps pour moi de rentrer. Prends bien soin de ma petite-fille et des tiens.

— Je t'en fais la promesse, Abigail.

CHAPITRE 6

Sleek

Il faisait froid ce jour-là et la petite pluie fine qui coulait le long de son visage, fit regretter à Sleek de ne pas avoir prévu de vêtement chaud. Garry l'avait prévenu en disant que le temps allait changer. Pourtant ce n'était vraiment pas le moment de penser à tout ça. Il attendait depuis deux heures et avait demandé à ses gars de continuer de guetter la maison, pendant que lui attendait patiemment de pouvoir infiltrer le hangar de stockage.

Quatre hommes étaient postés devant l'entrée et toutes les issues possibles étaient surveillées. Il savait pertinemment qu'il pouvait les battre facilement, mais bonjour la discrétion !

Soudain, l'un des gardes fit signe à ses collègues qu'il devait s'absenter. Sleek releva la tête et suivit discrètement l'individu, en prenant grand soin de rester caché le long des bosquets. Il l'aperçut contourner le bâtiment et commencer à se soulager. Sleek vérifia qu'aucune autre personne n'était dans les parages et se glissa discrètement derrière sa victime. Il ramassa une des nombreuses branches qui jonchaient le sol et lui assena un violent coup sur la tête. L'homme tomba dans un bruit sourd. Sleek le traîna jusqu'à un bosquet et commença à le déshabiller. Il enfila rapidement les habits du scélérat, lui attacha les poignets et les pieds.

Pour plus de sécurité, il le bâillonna. Une fois terminé, il le balança dans les buissons. À partir de maintenant, il savait qu'il devrait intervenir rapidement avant que quelqu'un s'aperçoive de quelque chose. Les vêtements le serraient un peu et le pantalon lui arrivait aux chevilles. En arrivant près de la porte d'entrée, Sleek enfonça la casquette sur sa tête et pria pour que sa ruse fonctionne.

L'un d'eux le vit arriver et lui demanda si ça allait mieux. Sleek grogna un « hum » et entra dans le hangar sous les yeux interloqués des trois autres hommes. Le premier qui avait parlé, attribua un coup de coude à ses camarades et leur glissa : « Ce type est trop bizarre ! », tout en regardant Sleek s'éloigner.

Il se mit à chercher le chargement de viande. Son ami l'avait prévenu qu'une cargaison était partie tôt ce matin. Cela faisait maintenant quinze minutes qu'il fouillait le bâtiment et toujours aucune trace de viande. Soudain, il sentit une main se poser sur son épaule.

— Te voilà enfin espace de fainéant ! Ça fait une demi-heure que je te cherche ! Dépêche-toi, le chargement t'attend et le client va encore être furieux ! J'ai déjà assez perdu de gars. Ce type est un vrai psychopathe ! S'il ne payait pas aussi bien, je peux t'assurer que je n'aurais jamais accepté de contrat avec lui. Tiens, les clés du camion ! Il est garé place vingt. Grouille-toi et fais en sorte d'être à l'heure, sinon tu ne reverras pas la lumière de sitôt.

Sleek acquiesça, attrapa les clés et se dirigea vers l'endroit indiqué. Il reconnut le camion de livraison qui fournissait la viande. Il se glissa à l'intérieur et démarra. Une fois à l'extérieur de l'entrepôt, il contacta Garry.

— Garry ! J'ai la cargaison !

— Où es-tu ?

— Près de Brooklyn ! J'ai découvert que plusieurs livreurs ont disparu ! Et on dirait que le proprio du hangar aime beaucoup l'argent ! Il m'a confié que s'il n'était pas aussi bien payé, il n'accepterait pas ce travail.

— Parfait ! Va au point de rendez-vous ! Deux de mes loups t'attendent avec deux humains que j'ai engagés pour conduire le véhicule au point de livraison. Vous trois, vous vous cacherez à l'intérieur du fourgon. Une fois arrivés, vous devrez pénétrer dans l'enceinte du bâtiment et repérer des indices nous permettant d'arrêter l'auteur de ce massacre. Pendant ce temps, je vais rechercher le propriétaire du hangar et vérifier ses comptes, je pourrais peut-être trouver de qui vient tout cet argent.

— Rassure-moi ! Tu as prévu de gros bras discrets, sur qui je peux compter ?

— Ne t'inquiète pas ! Je t'ai fourni mes deux bras droits ! Tâche juste de ne pas trop me les abîmer, sinon je crains qu'Adam ne te retrouve dans une boîte.

— J'espère pour toi que Carrie ne l'apprenne jamais ! Car je ne serai pas le seul à me retrouver en boîte !

Sur ces mots, il raccrocha et se rendit au point de rendez-vous. Il sortit rapidement du véhicule et vit les deux loups.

Le premier se prénommait Feargus. En lui serrant la main, Sleek vit quelques mèches de ses cheveux roux lui barrer le visage. Il était doté d'un fort accent écossais. Le second, Cooper, ôta son chapeau de cowboy. Tous deux avaient entendu parler de l'assassinat de Bran et souhaitaient apporter leur soutien à ceux qui cherchaient la vérité sur ce massacre. Sleek leur demanda s'ils savaient se battre et s'il pouvait compter sur leur discrétion.

Feargus lui rit au nez en entendant ces paroles.

— Écoute, *òigear*[1] ! J'ai participé à la bataille de Culloden[2], que tu ne devais même pas être dans le ventre de ta mère ! Me demander à moi si je suis capable de me battre est une véritable offense ! Qu'en dis-tu, Cooper ? Et si nous lui montrions nos capacités ? Parce qu'il me semble que toi aussi tu sais te battre, non ?

— Triple andouille que tu es, Feargus ! Je ne suis pas sûr que notre compagnon d'infortune ait envie d'entendre un vieil écossais rabougri, raconter encore une fois comment il a tranché la gorge aux Anglais. Ce n'est pas parce que je faisais partie de la bataille de San Jacinto[3] que je chante mes louanges à chaque personne que je croise !

— Messieurs ! Je suis ravi de voir que vous savez manier les armes ! Mais je voudrais savoir où sont les deux humains que nous attendons.
Cooper leva un sourcil et se mit à sourire.

— Ne t'inquiète pas *boy* !

Sur ces mots une voiture entra rapidement en faisant crisser les pneus. À la surprise de Sleek, deux femmes en sortirent. Toutes deux étaient brunes et

---

[1] **Òigear** : Jeune homme en Gaélique écossais. Sinon òganach peut-être aussi utilisé.

[2] **Bataille de Culloden** : Le 16 avril 1746 à Culloden, marque le quatrième échec des débarquements royalistes en Écosse, et la fin des espoirs de restauration de la lignée des Stuart sur les trônes d'Écosse et d'Angleterre. Elle s'accompagne d'une intensification de la pression contre le mode de vie traditionnel des Highlanders (incluant les clans, les tartans et même la cornemuse).

[3] **La bataille de San Jacinto**, du 22 avril 1836, fut la bataille décisive de la révolution texane. Menée par le général Sam Houston, l'armée texane formée majoritairement de colons américains attaqua et défit les forces mexicaines sous les ordres du général Antonio López de Santa Anna. Santa Anna fut capturé le jour suivant et fait prisonnier de guerre. En captivité, il signa un traité de paix qui ordonnait à l'armée mexicaine de quitter la région, ouvrant ainsi la voie à la création de la république du Texas.

plus elles avançaient plus Sleek avait du mal à leur trouver des différences.

Soudain, Feargus qui était appuyé sur le capot du fourgon s'avança vers les jeunes femmes.

— Ava ! Petra ! C'est toujours un plaisir pour les yeux de travailler avec vous !

— Et pour nous, malheureusement, toujours un désespoir !

Son sourire disparut et il se rassit sur le capot en maugréant. Pendant ce temps, l'une des femmes se tourna vers Sleek.

— Je suis Petra ! Et voici Ava, ma sœur jumelle. Je suppose que tu es Sleek ?

— Oui, m'dame !

— Bien ! Donne-moi les clés du camion, ma sœur et moi nous nous chargerons de la livraison. Vous trois ! Cachez-vous à l'intérieur, mais faites attention, le premier qui touche à la cargaison perdra la seule chose qui le différencie d'une femme.

Tout en prononçant ces paroles, elle sortit un couteau de sa poche et son regard plongea sur l'entrejambe de Sleek. Les trois loups comprirent instantanément la sentence qui les attendait, s'ils touchaient à la marchandise.

Sleek donna les clés à Petra et ils se mirent en route vers le point de livraison. Ils espéraient tous pouvoir trouver quelque chose.

Arrivés sur place, deux hommes étaient postés devant la grille de la maison. La femme abaissa sa vitre et commença son petit numéro de charme. Elle était douée, cela ne faisait aucun doute. En quelques minutes, ils réussirent à entrer dans l'allée. Une fois garé, les jeunes femmes ouvrirent rapidement la porte et firent sortir les trois hommes.

— Dépêchez-vous d'entrer ! Une fois terminés, ma sœur et moi vous attendront de l'autre côté de la grille, avec une voiture, derrière la maison. Ne tardez pas !

Les trois hommes infiltraient la maison, pendant que ces dames transportaient la marchandise jusqu'au frigo. Pour plus de facilité et de discrétion, les hommes se séparèrent. Feargus prit le rez-de-chaussée, Cooper le premier étage et Sleek le dernier. Grâce aux effluves de viandes qui masquaient leur odeur de loup, ils réussirent à passer incognito.

Sleek avança prudemment lorsqu'une porte s'ouvrit. Il se cacha derrière un immense rideau qui occultait la lumière à l'étage. Il n'eut pas le temps de voir qui se tenait sur le pas de la porte, mais les voix qui résonnaient dans le couloir, lui apprit qu'il connaissait au moins l'un d'entre eux. Ils étaient au nombre de trois et tous étaient des traqueurs. L'un était le bras droit personnel de Versislav. Les trois créatures parlaient à voix basse, même lui, qui avait pourtant une excellente ouïe, avait du mal à entendre ce qu'ils disaient. Mais certaines bribes de leur dialogue lui parvinrent, et ce qu'il entendit lui glaça le sang.

— Vous avez entendu ce que notre chef a dit. Grâce à son sang nous redeviendrons nous-mêmes !

— Pas si vite ! Vous oubliez que l'enfant n'est pas encore né. Il vous a expliqué qu'il nous serait livré par une tierce personne.

— J'en ai marre d'attendre et de manger de la viande d'abattoir ! J'ai tellement l'odeur dans le nez, que je la sens jusqu'ici ! Pourquoi ne pouvons-nous pas agir ? Vérislav devrait prendre les commandes de cette opération ! Et nous pourrons nous venger ! Pourquoi lui obéit-il ? Mais toi, qui es le bras droit de notre chef, tu dois bien savoir ?

— Bande d'imbéciles ! Vous ne pensez qu'à manger ! Mais je vais quand même vous expliquer pourquoi. Si l'un d'entre nous est aperçu ne serait-ce qu'une seule fois, nous ne pourrons jamais trouver un arrangement avec le chef du Cercle. C'est pour cela que celui qui nous livrera l'enfant ne doit pas être l'un des nôtres. L'homme de l'ombre sait ce qu'il fait. Il a déjà commencé à chercher un potentiel livreur, un être humain qui lui obéira au doigt et à l'œil. Apparemment, il serait sur le point de le trouver. Je ne sais pas encore ce qui est prévu, mais je pense savoir que Warlock n'en a plus pour très longtemps.

Les trois traqueurs se mirent à rire bruyamment et descendirent au rez-de-chaussée. Sleek se retint de ne pas se jeter sur eux et de les tailler en pièces. Mais il se rappela qu'il n'était pas venu seul et que s'il faisait cela, il perdrait tout moyen de remonter au véritable auteur du meurtre. À présent, il le savait, les traqueurs étaient seulement les exécutants. Beaucoup de questions le hantaient, mais maintenant il fallait surtout partir et prévenir Adam le plus vite possible. En quelques minutes il récupéra ses deux acolytes et tous trois trouvèrent facilement la voiture des deux jeunes femmes.

Sleek expliqua la conversation qu'il avait entendue. Les autres l'écoutèrent attentivement. Ce qu'il venait de dire était terrible. En rentrant au motel ce soir-là, il téléphona à Adam. Après plusieurs essais, il se résolut à contacter Andrew qui décrocha à la première sonnerie.

— Bonsoir, Sleek ! Tu as des nouvelles ?

— Oui ! Et pas forcément des bonnes !

— Attends un instant ! Je rentre dans mon bureau. Vas-y, je t'écoute.

— J'ai réussi à entrer dans la demeure et j'ai entendu une conversation entre trois traqueurs. L'un d'eux était le bras droit de Vérislav. Il a dit que c'était bientôt la fin d'Adam ! Et surtout il a parlé d'un enfant, pas encore né, qui devrait les ramener à la « vie » si je puis dire. Si vous savez qui c'est, mettez cet enfant à l'abri, sinon il mourra ! Mais ce n'est pas tout, ils ont parlé d'un homme, qu'il surnomme « l'homme de l'ombre », apparemment, ce serait lui l'organisateur de tout cela. Je n'en sais pas plus pour le moment. Que veux-tu que je fasse, Andrew ?

— Écoute-moi attentivement. Je me charge de mettre Adam en sécurité, concernant l'enfant je vais faire des recherches de mon côté. Quant à toi… Continue ! Nous comptons tous sur toi ! Tu es peut-être notre seul espoir de trouver l'assassin de mon père et bientôt celui de mon cousin, si l'on ne fait rien. Merci, Sleek, de m'avoir averti. Tiens-moi au courant le plus vite possible.

Andrew raccrocha et se précipita dans le bureau d'Adam. Celui-ci était assis à son bureau, en train de remplir des papiers. Sans lever le nez de ses documents, Adam invita son cousin à s'asseoir.

— Que se passe-t-il pour que tu entres dans mon bureau sans même te donner la peine de frapper ?

— Sleek vient d'appeler ! Tu es en danger, Adam ! Et le pire c'est que les traqueurs auraient trouvé un moyen de redevenir des hommes-loups.

Adam cessa d'écrire et leva la tête vers Andrew. Il vit l'horreur et la peur dans ses yeux. À cet instant, il comprit l'urgence de la situation.

— Bien ! Il faut prévenir tous les Alphas et sécuriser toutes les issues. Je veux chaque personne à son

poste ! Et dit à Sleek de découvrir leur moyen de redevenir des hommes-loups !

— Je fais ça tout de suite !

Andrew sortit aussi rapidement qu'il était entré et
commença à joindre les Alphas.

CHAPITRE 7

Carrie

Lors d'un après-midi pluvieux de novembre, je ressentis de violentes contractions. J'étais enceinte de cinq mois, mais je ne pensais pas que j'accoucherai maintenant et encore moins quand je serais seule à la maison. J'étais exténuée et par précaution, je ne me rendis pas à la clinique. Juno était de garde à l'hôpital, quant aux autres, ils étaient au travail. La seule personne qui pouvait m'aider, c'était Juno et encore… il fallait espérer qu'il puisse se libérer. C'était ma faute s'il n'y avait personne aujourd'hui, je m'étais imposée quelques jours plus tôt, en leur disant que ce ne serait sûrement pas pour tout de suite et qu'ils pouvaient respirer un peu. Avant le raz-de-marée, nommé… bébé. Je l'appelais ainsi, je ne savais pas encore quel prénom donner à notre enfant, dont j'ignorais même le sexe.

Pourtant, j'avais fait ma plus grosse erreur, en leur disant de sortir. J'essayai de me détendre un maximum en prenant de grandes inspirations et en soufflant le plus doucement possible. Adam avait installé une pièce médicale au fond de son bureau, caché derrière une porte. Je trouvais cela ingénieux et remerciais son bon sens de l'avoir construit. Par sécurité, je m'installai ici et je préparais tant bien que mal tout ce qu'il fallait pour mon accouchement. Mes contractions étaient de plus en plus fortes et rapprochées. Je savais ce que cela voulait dire, que le bébé ne tarderait pas à faire son entrée fracassante dans le monde des hommes-loups et je serais peut-être la seule à pouvoir l'y aider. J'essayai de joindre Juno une énième fois, mais je tombais sur la messagerie. Le seul jour où il ne pouvait pas décrocher, c'était bien sûr aujourd'hui. Je lui laissai un message en lui signalant que j'allais bientôt accoucher et s'il pouvait revenir à la maison le plus vite possible, je lui en serais véritablement reconnaissante. Je m'allongeai sur le lit médicalisé lorsqu'une puissante contraction me donna envie de pousser. Je ne pensais pas que ce serait aussi difficile.

Je sentis mon corps se déchirer, se briser, une odeur poisseuse envahit mes narines. Au moment où j'aperçus une mare de sang en bas de mes jambes, j'entendis Juno crier mon nom et se jeter à mes côtés. Il m'ordonna de pousser encore plus fort et c'est à ce moment que je perdis connaissance.

En quelques heures, ils étaient tous rentrés à la maison. Ils avaient senti qu'il s'était passé quelque chose et s'inquiétaient pour moi. Savoir qu'Adam restait toujours injoignable, commençait à vraiment énerver Juno. Sélèné réussit à le calmer, mais insista auprès d'Andrew pour avoir son frère. Ce dernier n'eut pas le choix que d'essayer de leur passer Adam en direct. Personne ne répondit. Il promit alors de faire passer l'information dès qu'il le verrait. Elle le remercia et raccrocha, tout aussi énervée que Juno. Comment avait-il pu faire ça ?

Trois jours plus tard, j'émergeai enfin de mon profond sommeil. Je ne savais pas ce qui c'était passé et la seule chose dont je me souvenais fut la douleur des contractions et ensuite, le trou noir. Quelques instants après mon réveil, Juno qui se trouvait auprès de moi, m'expliqua m'avoir réanimée, car j'étais dans un état critique dû à un choc hémorragique. Il sortit informer la meute que je venais de reprendre connaissance. Sélèné entra dans ma chambre et j'aperçus mon bébé endormi dans ses bras. C'était une petite fille. Elle portait un pyjama blanc et tenait dans ses mains une peluche en forme de loup. C'était celle que Thuss lui avait achetée. Sélèné me la déposa délicatement dans mes bras tout en me félicitant et je ne pus retenir mes larmes. Juno m'expliqua calmement le déroulement des derniers jours et des soins postopératoires. Quand il eut fini, il demanda en souriant comment ils devaient appeler la petite, parce que « bébé », ça allait bien cinq minutes. Je soupirai et tout en souriant à mon tour, je murmurai, « Amy… Elle s'appelle Amy ».

Adam et moi avions entendu ce prénom dans l'avion, lors de notre voyage de noces. Il m'avait glissé que si notre premier enfant était une fille, il souhaitait la prénommait Amy. Tout en la berçant contre moi, un bâillement se fit entendre et lorsque je posai mes yeux sur elle, je vis deux billes grises me fixer et un immense sourire se dessiner sur son visage. Elle ressemblait tellement à Adam. Tout le monde était attendri devant sa magnifique petite bouille, mais je remarquai que Juno avait l'air tendu derrière son sourire.

— Juno ?

— Oui ?

— Tu as l'air soucieux, qu'est-ce qu'il t'arrive ?

— Je ne suis pas sûr que ce soit le meilleur moment pour t'en parler.

— Essaie toujours ! Ça concerne quoi ?

— C'est à propos d'Adam…

— Il est au courant pour Amy ?

— Eh bien… justement, il est toujours injoignable, j'ai téléphoné à Andrew qui n'arrivait pas non plus à le contacter. Il nous a juré de transmettre le message, mais je commence sérieusement à avoir des doutes sur la fiabilité d'Andrew et sur la véracité de ses propos.

— Quoi ? Non, ce n'est pas possible ! Il n'est pas comme ça… De toute manière, si Adam n'a pas pris la peine de nous contacter, c'est qu'il n'en voyait pas l'intérêt.

— Pardonne-moi, Carrie, mais je ne suis pas de ton avis. Adam a peut-être tous les torts du monde dans cette histoire, mais je pense réellement qu'il n'est au courant que de la partie émergée de l'iceberg, voire même pas du tout… Je le connais depuis des années, il ne nous aurait jamais abandonnés de la sorte.

— Admettons ! Il n'est au courant de rien. Très bien, dans ce cas, comment expliques-tu qu'il n'est jamais venu nous voir et qu'aucun d'entre nous n'arrive à le joindre ? Si vraiment il s'inquiétait pour nous, il aurait tout fait pour avoir de nos nouvelles ! D'ailleurs,

il ne devait pas venir le mois dernier ? Et il a fait quoi ?
Il a annulé, je te rappelle.

Voyant mon état de nerfs, Juno préféra se taire.
J'étais véritablement folle de rage et je lui en voulais
profondément. Mais je ne savais pas que d'ici
quelques temps, nous aurions des ennuis bien plus
importants que de joindre Adam.

En attendant, je profitai de chaque instant. Pour ce
faire, je décidai de prendre quelques semaines de
congé.

Une semaine à peine après mon accouchement, ma
mère me contacta pour passer quelques jours à Analheime.

J'attendais à l'aéroport de Boston depuis un quart
d'heure quand je l'aperçus. Je me frayai un chemin au
milieu de la foule et me laissai tomber dans ses bras.
Ça faisait un bien fou de pouvoir se laisser aller.

— Oh ! Ma poussinette ! Je suis tellement heureuse
de te voir ! Comment tu vas ?

— Je vais bien maman, ne t'inquiète pas. Je reconnais que la fatigue de l'accouchement est encore un
peu présente, mais je tiens le coup.

— Tu me rassures. Quand je t'ai appelé l'autre
jour, j'ai failli ne pas te reconnaître tellement ta voix
était faible. Maintenant que je suis ici, je vais pouvoir
m'occuper de toi et te soulager un peu avec le bébé.
D'ailleurs, Amy n'est pas avec toi ?

— Non, elle est au chaud à la maison. Et puis bon, elle ne maîtrise pas encore ses transformations. Donc les représentations en public, on évite.

— Aïe… en effet. Évitons les polémiques, je ne suis pas venue ici pour que ma petite-fille finisse dans un parc d'attractions !

Sur ses mots, je souris et tendis la main pour attraper sa valise. Mais au lieu de ça, elle me tira sur le bras et me propulsa contre sa poitrine.

Une fois dans la voiture, elle me demanda des nouvelles d'Adam, car je n'avais pas évoqué son nom depuis un moment. Je restai silencieuse et détournai la conversation. Je savais pertinemment qu'elle reviendrait à la charge. En attendant, je préférais me concentrer sur autre chose. Heureusement, Amy fut le sujet de prédilection.

Enfin, au bout deux heures et demie de route, nous arrivions à la maison.

À peine le seuil franchi, elle se précipita vers Amy qui était dans les bras de Juno. Ma fille, ravie d'être le centre d'attention ne se fit pas prier pour les sourires et les gazouillis. Elle avait encore conquis le cœur d'une autre personne. Ma mère était impressionnée par sa taille et son éveil. Je ne lui avais pas encore révélé que les hommes-loups possédaient un développement hors normes.

Pendant le repas, Thuss lui demanda pourquoi elle n'avait jamais eu ses propres enfants. Surprise, je relevai la tête. C'est vrai, elle n'avait jamais voulu me dire pourquoi. Son visage changea et une vague de mélancolie sembla la traversa.

— Eh bien… disons que l'histoire de ma fille me fait écho. J'ai vécu le grand amour étant plus jeune, mais, la vie nous a séparés. Je pensais que Louis était l'homme de ma vie et qu'il serait le père de nos enfants. J'avais même déjà tout planifié. Nous étions ensemble depuis nos onze ans et nous nous sommes quittés le soir de mes dix-huit ans. Mes parents avaient organisé un anniversaire surprise et m'avaient laissé la maison pour la soirée. Quelques amis étaient présents. Au bout d'un moment, je suis montée à l'étage et l'ai vu au lit avec ma meilleure amie. Folle de rage, j'ai balancé leurs vêtements par la fenêtre qui donnait sur la rue et mis tout le monde dehors. J'ai appelé mes parents et leur ai expliqué ce qui venait de se passer. Dès le lendemain, je me suis juré de ne jamais retomber amoureuse. Après toutes ces années, je leur ai quand même pardonné. Surtout qu'ils ont fini par se marier et si je ne me trompe pas, ils ont trois enfants maintenant. Quant à moi, j'ai eu quelques aventures, mais rien de bien sérieux. Puis un jour, Carrie a débarqué dans ma vie et depuis, grâce à elle, j'ai tout simplement trouvé mon équilibre.

Elle se tourna vers moi et me sourit de plus belle. Des larmes me troublèrent la vue. Sans un mot, je repoussai ma chaise et me blottis dans ses bras.

Personne n'osait faire de bruit, pour ne pas troubler ce moment. Pourtant, c'est à ce moment précis qu'Amy, qui dormait à l'étage, se mit à gazouiller.

— Ah ! On dirait que tes devoirs de mère te rappellent à l'ordre.

— Oui et je dois reconnaître que ceux-là, je les fais avec plaisir.

Je grimpai les marches quatre à quatre et me rendis au chevet de ma fille pour la nourrir. Une fois rassasiée et changée, je descendis au salon. Chacun se trouvait sur le divan, Thuss jouait sur son ordinateur portable, Sélèné regardait les offres promotionnelles de son magasin de vêtements favoris, quant à Anna et Juno, ils étaient plongés dans leur livre respectif. Ne voyant pas ma mère, je leur demandai où elle se trouvait. Juno releva les yeux de son roman et d'un signe de tête m'indiqua la terrasse.

J'aperçus ma mère, une tasse de tisane à la main, observer le firmament.

— Maman ?

— Oh ! Carrie. Excuse-moi, ma chérie, je ne t'avais pas entendu arriver.

— Ce n'est rien.

— Ça y est, Amy s'est rendormie ?

— Oui. Elle avait encore faim. C'est son dernier repas avant cinq heures demain matin ! J'ai beaucoup de chance, elle fait ses nuits !

— En effet ! Mais malgré tous les détails que tu m'as fournis, il y a quelque chose qui me chiffonne…

— Quoi ?

— Adam.

— Euh, oui ? Et donc ?

— Carrie, que se passe-t-il entre vous ? Je sens bien qu'il y a un problème. Personne ne parle de lui, tout le monde évite soigneusement d'évoquer son nom. Et d'après ce que je vois, il n'est pas rentré depuis un moment. Alors j'aimerais avoir des explications.

— Oh, maman… C'est compliqué.

— Dans ce cas, je me contenterai d'un résumé.

— Bran est mort, assassiné. Adam est devenu le nouveau chef du Cercle. Depuis qu'il est parti, nous n'avons plus de contact avec lui. On s'est disputé à cause de ma grossesse, car il pensait que j'avais fait exprès de tomber enceinte. Voilà, je crois que tout est dit.

— Je vois. Écoute, je ne l'ai rencontré qu'une seule fois et il m'a fait bonne impression. Quand je vous ai vu tous les deux, vous aviez l'air en totale harmonie. Je l'ai observé pendant la fête à votre mariage. Il te regardait avec tant d'amour et de tendresse, que je n'imagine même pas un instant qu'il vous ait abandonné. Je sais que vos fonctions à tous deux sont complètement différentes, mais étant infirmière en chef, je ne sais que trop bien ce qu'est de manager une équipe ! Je pense que s'il n'est pas encore revenu, c'est tout simplement qu'il ne le peut pas. Ma poussinette, quand ton père partait en mission, il ne revenait que lorsqu'elle était finie, non ?

— Mais, maman ! C'est complètement différent !

— Ah oui ? Et en quoi est-ce différent ? Tu crois que ces pères et mères qui quittent leur foyer pour partir en mission reviennent au bout d'une semaine en disant : « Bonjour, mon travail n'est pas terminé, mais je suis de retour ! ». Peut-être qu'il n'a pas encore pris contact, car il ne peut tout simplement pas.

— Tu as sûrement raison… En attendant, il me manque terriblement.

CHAPITRE 8

Carrie

Ma mère passa une semaine à la maison. Elle me remonta le moral et grâce à elle, je refaisais le plein d'énergie.

La petite grandissait de jour en jour et se nourrissait pour l'instant, uniquement de mon lait maternel. Heureusement pour moi, elle acceptait depuis peu de prendre le biberon, ce qui me permettait de reprendre une activité professionnelle et de me décharger un peu. D'ailleurs, je pouvais toujours compter sur un de mes loups pour lui donner son repas. Thuss en particulier. Il était ravi de plus être considéré comme le bébé de la famille.

Cela faisait maintenant un mois qu'elle était née et cet après-midi, alors que j'étais en pleine consultation, je ressentis un éclair me traverser le corps, puis un vide oppressant remuer mes entrailles. Je sentis au plus profond de moi que quelque chose d'atroce s'était produit, il fallait que je rentre. Je sortis précipitamment en laissant une affiche sur la porte, expliquant que je m'étais absentée pour une urgence. Je tentai de joindre Thuss. Le téléphone sonnait en vain dans le vide. En démarrant le moteur, j'aperçus Juno sortir en courant vers sa voiture. Lui aussi l'avait senti et je savais qu'ils seraient tous à la maison d'ici peu, mais je ne pouvais pas me permettre d'attendre.

Je rentrai rapidement dans la maison et découvris Thuss, gisant au sol, inerte. Je hurlai son nom et me ruai sur lui. En le tournant, j'aperçus une flèche tranquillisante plantée dans son épaule. Mon esprit et mon cœur étaient désaccordés. Un poignard lancinant déchira mon âme et mes poumons manquèrent d'air. J'asphyxiais tout en parcourant la maison à la recherche d'Amy. Mes jambes cotonneuses peinaient à monter les escaliers, et même si je savais qu'elle venait de disparaître il fallait que je me rende à l'étage. J'ouvris la porte de sa chambre à la volée et poussai un hurlement de terreur en constatant l'horrible vérité qui se dessinait sous mes yeux. Des bruits de pas précipité qui montaient les escaliers me parvinrent. Juno me prit dans ses bras et j'inondai de mes larmes sa pauvre chemise, priant pour qu'on me rende ma fille.

— Carrie ! Comment va Thuss ? Et où est Amy ?

— Il va bien. Il a reçu une fléchette tranquillisante. Quant à Amy, elle a disparu…

— Pourquoi faire ça ?

— Je ne sais pas, il faut que vous partiez immédiatement la chercher. En attendant, je m'occupe de Thuss. Nous vous rejoindrons dès qu'il sera sur pied.

— D'accord ! On y va !

Pendant que mes loups partirent sur les traces d'Amy, je m'occupais de Thuss. Vu le peu de produit qu'il avait reçu, il ne tarda pas à se réveiller. Il m'expliqua qu'il jouait avec la petite, qu'il avait laissé la porte du balcon ouverte et c'est là qu'il aurait pris la fléchette. Il m'avertit alors qu'au moment de perdre connaissance, il avait entendu une voix d'homme dire que le colis était récupéré et qu'il attendrait au point de rendez-vous fixé.

Une fois ses esprits retrouvés, nous retrouvions les autres. Le kidnappeur avait réussi à brouiller sa trace. Nous la cherchions en vain depuis une heure. Nous commencions sérieusement à désespérer quand la voix de Juno parvint jusqu'à moi.

— Carrie ! La nuit va bientôt tomber, il vaudrait mieux rentrer et reprendre les recherches demain matin.

— Non ! C'est ma fille qui vient de se faire enlever !

— Écoute, nous ne pouvons pas compter sur notre flair et certes nous avons une bonne vue de nuit, mais je ne suis pas sûr que ce soit suffisant.

— Dans ce cas, Juno, qu'est-ce que tu comptes faire ?

— Eh bien, nous devrions peut-être contacter Abigail. Sa meute pourra nous aider à la retrouver.

— Tu as sûrement raison… Rentrons !

Les heures qui suivirent furent terriblement longues. Je ne savais pas comment allait Amy et j'avais peur qu'on lui fasse du mal. Ma grand-mère et les siens venaient à peine de franchir la porte d'entrée que je me jetai dans ses bras et tout en retenant mes larmes, elle me serra contre elle.

— Oh, ma petite-fille ! Ne t'inquiète pas, nous allons la retrouver, je t'en fais la promesse.

— Et comment, grand-mère ? Nous avons cherché pendant plus d'une heure ! Et nous n'avons rien trouvé ! Pas une seule odeur, pas une seule trace, rien !

— Je sais que c'est extrêmement difficile à vivre pour toi. Mais, Carrie, ça ne servirait à rien de la chercher de nuit. Il nous faut un plan. Par ailleurs, est-ce qu'Adam est au courant ?

— Adam, au courant ? Je ne sais même pas s'il sait pour mon accouchement !

— Ah… !

Voyant qu'elle venait de mettre le doigt sur un sujet sensible, elle se tut. Pendant plusieurs minutes, personne ne souffla mot et Stan s'aperçut que malgré mon énervement, cette situation m'affectait au plus haut point. Il s'approcha doucement de moi et tout en me serrant contre lui, prit la parole.

— Carrie… je ne suis peut-être pas le mieux placé pour te le dire… mais si tu allais voir Adam ? Il t'aiderait sans aucun doute !

— Quoi ? Tu veux que je parte ! Amy vient de se faire enlever et toi tu veux que je parte !

— C'est sûrement la seule chance que nous ayons… Comprends que pour brouiller le flair d'un loup, il faut connaitre les astuces ! Et je vais être honnête avec toi. Seuls les loups ou les traqueurs sont capables de faire ça. Aujourd'hui, nous avons besoin que toutes les meutes viennent à notre aide. Nous la retrouverons très rapidement ! Mais, Adam est le seul qui peut demander à tous de partir à sa recherche.

— Pardon ? Un loup ou un traqueur ? Donc si je comprends bien, un traitre pourrait se cacher parmi nous ? Qui ? Et Adam est dans le Nebraska… C'est très loin !

— Carrie !

Je me retournai en sursautant et regardai Juno qui venait de m'interpeler.

— Oui ?

— Il est hors de question que je te laisse partir toute seule ! Tu auras besoin de moi ! En plus grâce à Adam, je connais l'endroit comme ma poche.

— Dans ce cas... je crois que nous devrions préparer nos valises. Grand-mère, je te confie la meute ! Prends soin d'eux ! Et si vous trouvez la moindre piste, vous nous prévenez immédiatement !

Je terminai de préparer ma valise à l'étage puis au moment de descendre, je passai la tête devant l'ancienne chambre d'ami, qui était devenue la chambre de ma fille. Une larme menaça de s'échapper, je la retins à temps et descendis les marches, la mort dans l'âme. Elle me manquait terriblement. Je ne savais pas où elle était et si elle allait bien. Je m'inquiétais énormément. Mais je n'avais pas le droit de me laisser aller, car elle avait besoin de moi. Ce n'est pas en me lamentant sur mon sort que je la sauverai.

Noël était dans deux semaines. La maison portait quelques décorations et un immense sapin trônait dans le salon. Amy, avec l'aide de toute la meute l'avait décoré deux jours plus tôt. Moi, qui jusque alors haïssais cette fête, pour la première fois de ma vie je me réjouissais de fêter mon premier Noël avec ma fille et toute ma famille. Malheureusement, vu les derniers évènements, mon cœur ne se prêtait plus aux festivités.

Une fois les dernières recommandations faites, Juno et moi partions en direction de l'aéroport dans l'espoir de trouver Adam. J'ignorais comment lui dire pour Amy, mais je savais que malgré notre désaccord, il viendrait à mon secours.

Quelques heures plus tard, nous arrivions devant la grande bâtisse. Je commençai à angoisser et à regretter d'être venue, mais je me ressaisis rapidement et pénétrai dans l'allée.

Une fois devant la grille nous fûmes reçus par un des gardes. Je pris mon plus beau sourire et baissai la vitre de la voiture de location.

— Bonjour ! Nous venons voir Adam.

— Je vous prie de bien vouloir excuser monsieur Warlock, mais il est actuellement en déplacement.

— Bien alors… Andrew.

— Je regrette, il l'accompagne.

— Je vois, alors nous l'attendrons à l'intérieur.

— Ce n'est pas possible ! Pour des raisons de sécurité, il nous a interdit de faire entrer toute personne n'ayant pas reçu d'invitation de sa part. Vous en avez une ?

— Je suis sa femme ! Je pense que ce genre d'invitation est suffisant, non ?

— Non, madame, il me faut une invitation officielle ! Avez-vous une preuve de ce que vous dites ?

Sentant que j'étais à deux doigts de le tuer, Juno intervint en me saisissant par les épaules.

— Tenez ! Voici nos passeports. Comme vous pouvez le voir… c'est bien sa femme.

En voyant mon nom affiché sur mes papiers, le garde devint livide et fit ouvrir la grille. Nous avions roulé jusqu'à arriver devant les marches de l'entrée. À cet instant, un homme habillé en costume vint nous ouvrir. Il portait des gants blancs. Je n'étais pas habituée à ce genre de chose et en regardant autour de moi, je m'aperçus que d'autres gens étaient également présents. Une fois à l'intérieur, un homme s'inclina devant moi et se présenta comme le majordome.

Il nous conduisit dans nos chambres et une fois nos affaires déballées, il nous mena jusqu'au salon et nous fit porter de quoi nous restaurer. Il s'excusa de n'avoir pu me recevoir convenablement, mais n'ayant pas été prévenu de mon arrivée, il avait fait avec les moyens du bord. Surprise, je le rassurai en lui disant que je n'avais jamais été aussi bien accueillie de toute ma vie. Il sourit et au moment de sortir, je l'interpellai en lui demandant s'il y avait un moyen de prévenir Adam de mon arrivée. Il inclina la tête et m'informa qu'il serait prévenu dans les plus brefs délais. Rassurée, je le remerciai et il quitta la pièce sans un mot.

Pendant que Juno et moi dînions, nous réfléchissions à un plan nous permettant de sauver Amy. Nous venions à peine de commencer que le majordome frappa à la porte.

— Madame Warlock ! Je vous prie de bien vouloir m'excuser, mais j'ai des nouvelles à vous apporter.

— Je vous écoute !

— N'ayant pas pu joindre votre mari, je me suis permis de contacter monsieur Andrew, mais hélas, je n'ai eu personne ! Je crains que monsieur Warlock ne puisse se libérer.

— Pardon ? Je suis venue ici exprès pour le voir !

— Madame, je comprends et je suis navré, mais…

Je ne le laissai pas terminer sa phrase et quittai la table sans un mot pour me rendre dans ma chambre. Quelques minutes plus tard, Juno frappa à la porte. J'ouvris alors brusquement et plongeai mon regard dans le sien. J'étais folle de rage et de toute évidence nous étions deux. Il attrapa soudainement mon poignet et m'entraina dans le hall. Au moment où je m'apprêtai à protester, il somma de me taire. Où pouvait-il bien m'emmener ? Je ne tardai pas à avoir la réponse, quand nous arrivâmes devant une immense porte en bois. Il me surprit quand je le vis soulever un pot de fleurs posé sur une table, dans le couloir. Il y dénicha alors une vieille clé et je ne pus m'empêcher de ricaner.

— Sérieusement ! Vous utilisez encore cette méthode ?

— Je parie que tu ne t'y attendais pas !

— Euh… non, en effet !

— C'est bien pour ça qu'on le fait !

— Je peux savoir ce que ça ouvre ?

Tout en souriant, il l'ouvrit. Je découvris alors une pièce spacieuse, munie d'une grande bibliothèque. Un magnifique bureau d'époque, en bois vernis, trônait majestueusement près d'une des nombreuses fenêtres. En face, j'aperçus un mini bar et deux fauteuils. Cette pièce servait sûrement lors des rendez-vous privés. Pendant que j'admirai l'ensemble, Juno referma la porte et m'interpella.

— Carrie ! Pendant notre trajet j'ai pensé à un plan au cas où Adam ne pourrait pas venir à notre secours. Et c'est ici que nous pourrons le monter.

— Je t'écoute.

— Comme tu le sais, Adam est le seul en mesure de demander à chaque Alpha de se joindre à nous. Pour cela, je pensais qu'une réunion demandée par Adam serait un bon moyen de les avoir à portée de main. Hélas, sans lui nous ne pouvons rien faire… et c'est pour ça que nous nous trouvons ce soir dans son bureau, c'est pour contourner ce problème.

— Et tu comptes faire comment ?

Il se dirigea alors vers le bureau et ouvrit un tiroir.

— En envoyant une note à chaque meute ! Avec ça ! Le sceau du chef du Cercle ! Lui seul dispose d'un sceau et en l'apposant sur chacune des notes que nous enverrons, ils penseront que ça vient d'Adam. Crois-moi, je peux t'assurer qu'aucun d'eux n'osera remettre en doute « l'invitation » officielle du chef.

— Attends ! Je ne sais pas imiter l'écriture d'Adam ni sa signature ! Ton plan ne fonctionnera jamais !

— Parce que tu crois réellement qu'il écrit chaque note à la main et qu'il les signe ?

— Vous cachez bien des clés dans un pot de fleurs et vous utilisez un sceau, alors… oui ?

— Je te signale quand même que nous vivons au 21ᵉ siècle et que l'informatique existe. Je te l'accorde, le sceau c'est peut-être un peu désuet. Mais, c'est la seule preuve que les vieux loups acceptent. Sans ça, ils ne viendront pas.

— Dans ce cas… Nous n'avons plus qu'à écrire. J'ai une dernière question, comment on doit les envoyer ?

— Oh ! Ne t'inquiète pas, nous avons des coursiers !

— Des coursiers ? Mais vous vivez à quelle époque en fait ?

Il était parti pour répliquer, mais se ravisa quand il m'entendit rire. Cela faisait un sacré bout de temps que je n'avais pas ri et vu les derniers évènements, ça ne recommencerait pas de sitôt. Je retrouvai néanmoins mon calme et nous nous mettions rapidement au travail. Le bureau possédait un ordinateur avec une imprimante.

Le travail terminé, Juno partit remettre notre courrier aux coursiers en leur disant que ça relevait de la plus haute importance. Une fois en main, une dizaine de loups partirent dans la minute qui suivit. Le sort en était jeté et j'espérais sincèrement que Juno avait raison.

CHAPITRE 9

Sleek

Pendant que Carrie et Juno attendaient avec impatience la réunion, Garry et Sleek cherchaient désespérément le criminel. Malgré les importants contacts de l'Alpha de New York, les loups n'arrivaient pas à mettre la main sur « l'homme de l'ombre ». Sleek savait qu'un humain travaillait pour cet homme et que le sort d'un enfant était en jeu. Lorsque Garry reçut la note que Carrie avait envoyée quelques jours plus tôt, il ne se doutait pas un seul instant que c'était elle.

— Sleek !

L'homme se retourna alors en direction de la voix qui venait de s'élever et reconnut Garry qui venait de franchir le pas de la porte de son bureau. Les deux hommes se serrèrent la main brièvement et Garry fit signe à Sleek de s'assoir.

— Ce matin, j'ai reçu une note d'Adam, demandant une réunion avec tous les Alpha. Je pense qu'il a trouvé quelque chose.

— C'est quand ?

— Demain ! Ça signifie que je ne pourrai pas superviser la mission prévue. C'est pour ça que je t'ai demandé de venir… J'aimerais que ce soit toi.

— Moi ? Tu es sûr, Garry ?

— J'ai vu de quoi tu étais capable et j'ai compris pourquoi Carrie t'apprécie.

— Merci de ta confiance ! Tu peux compter sur moi.

Sleek sentait enfin qu'il retrouvait sa place au sein des meutes. Adam lui donnait une chance de se rattraper et s'il échouait cette mission, il serait banni à vie du Cercle, et ce futur ne le réjouissait guère.

Le lendemain, il se rendit au point de rendez-vous avec Feargus, Cooper et les jumelles Ava et Petra, pour infiltrer l'abattoir qui fournissait les traqueurs. Grâce à son contact, Sleek pu avoir accès au planning des employés et du patron, ainsi que le code d'entrée du bureau de ce dernier. Le plan était simple, les trois loups devaient détourner l'attention des employés et faire sortir le directeur de son bureau, pour que les jeunes femmes puissent avoir accès au compte de l'entreprise et trouver le mystérieux « homme de l'ombre ».

Le contact leur avait fourni la tenue de travail adéquate et quand ils eurent terminé de l'enfiler, Feargus ne put s'empêcher de ricaner en se voyant dans le reflet du rétroviseur et prendre une pose digne des plus grands podiums de mode.

— Ah ! Et moi qui pensais que j'en avais fini avec le bagne ! Me revoilà vêtu d'une belle combinaison orange ! Regardez comme elle est seyante et qu'elle m'affine la taille !

Cooper éclata de rire en le voyant se déhancher tel un mannequin en plein défilé.

— Allez ! Feargus, arrête tes conneries ! On a du boulot !

Une fois prêts, ils sortirent du fourgon d'Ava et Petra et entrèrent facilement dans l'abattoir. Ils aperçurent rapidement un petit groupe d'hommes agglutinés devant une machine à café. Aucun des loups ne savait encore comment détourner l'attention, mais Sleek eut une idée en entendant un des hommes parler de sa fatigue et de la charge de travail en ce moment. Il donna alors un léger coup de coude à Cooper qui le regarda intrigué et tout en souriant, Sleek souffla qu'il avait une solution. Il s'avança alors vers le groupe et lança le plus fort possible :

— J'en ai marre de ce boulot ! On se crève à la tâche pour un salaire de misère pendant que le boss se prélasse dans son bureau !

Tout le groupe se retourna d'un seul coup et l'un d'eux répliqua :

— Il a raison ! Ça fait des semaines qu'on travaille plus qu'on ne devrait. Et en remerciement, on a quoi ? Rien ! Pas une prime, pas une augmentation, pas un merci ! Et nos conditions ne s'améliorent pas !

— Ouais, moi aussi je suis d'accord ! Mais on fait quoi ?

Sleek sourit en entendant que sa ruse fonctionnait, et il continua.

— Eh bien, allons le chercher !

Un « ouais » général résonna dans la pièce et les hommes, accompagnés de Sleek, se précipitèrent devant le bureau du directeur. L'employeur ouvrit la porte brusquement.

En voyant tous ses employés réunis il les scruta un à un. C'était un homme assez petit, le ventre rebondi, les cheveux coupés très courts et l'œil mauvais.

Typiquement le genre de patron à beugler pour un rien et martyriser son personnel. En l'apercevant, Sleek ne regretta pas un seul instant d'avoir poussé ces hommes à se rebeller. Le directeur s'avança alors vers ses employés.

— Je peux savoir ce que vous faites ici au lieu de travailler ?

Tous les regards des hommes se posèrent sur Sleek. Il savait que tout reposait sur lui.

— Ça suffit ! On travaille comme des fous et on a le droit à rien ! On veut une augmentation !

— Une augmentation ! Non, mais vous êtes malades ou quoi ? Je ne suis pas l'armée du salut ! Si ça ne vous plaît pas de travailler ici, la porte est grande ouverte. Mais je vous souhaite bon courage pour retrouver du travail !

Il venait à peine de prononcer ces mots que l'un des employés l'attrapa par le col et le sortit de sa cage dorée. En voyant leur collègue le soulever avec une grande facilité, ils partirent d'un seul pas faire travailler leur supérieur. Discrètement Cooper appela les deux femmes qui attendaient patiemment le signal, installées confortablement dans le fourgon. Quand le téléphone de Petra sonna, elles attrapèrent leur sac à dos et entrèrent furtivement dans le bâtiment. Une fois dans le bureau, elles commencèrent à hacker le système informatique et trouvèrent rapidement les montants astronomiques qu'avait touchés le patron de l'abattoir. Maintenant, il fallait débusquer le client.

De leur côté Feargus, Cooper et Sleek essayaient tant bien que mal de maintenir le patron éloigné et d'éviter que les ouvriers ne s'en prennent à lui. Ce dernier profita d'un moment d'inattention du groupe et se carapata. Feargus fut le premier à s'en rendre compte. Il siffla alors bruyamment et tous sursautèrent en l'entendant. Cooper comprit alors que c'était le moment de plier bagage et composa le numéro des jumelles. Mais avant même d'avoir entendu la première sonnerie, il les aperçut disparaître du bâtiment.

Dès que la bande fut réunie, Ava démarra et prit le premier embranchement. Pendant que les garçons se changeaient à l'arrière, Cooper fut frappé par le silence pesant des deux jeunes femmes. Il n'était pas habitué à si peu de dialogue. Il s'avança alors entre les deux sièges en prenant soin de ne pas faire trop bouger le fourgon. Ava lui lança un bref regard dans le rétroviseur, mais le peu que Cooper vit, lui confirma qu'elles avaient découvert quelque chose. Elles attendirent qu'ils remettent leur vêtement avant de divulguer les données qu'elles avaient récupérées.

Les trois hommes prêts, Petra inspira profondément tout en regardant la route et commença.

— Bon… nous avons découvert que la personne que vous recherchez possède énormément d'argent. Assez pour payer un abattoir 1 million de dollars. Mais nous n'avons pas eu le temps d'obtenir le nom du client. La seule chose que nous ayons est le nom de la société. Une boîte de sécurité basée au Brésil. J'ai déjà vu ça… certains gros mafieux font plusieurs virements dans différents pays en même temps, à diverses entreprises affiliées au trafic. Ça permet de brouiller les pistes. Ensuite, elles transfèrent l'argent à une autre entreprise et ainsi de suite. Pour qu'enfin l'une d'elles paie directement au prestataire et personne n'arrive à remonter au véritable escroc. Du moins, seuls les bons hackers sont capables de remonter à eux… car briser toutes les barrières informatiques demande beaucoup de pratiques et surtout, du temps.

En entendant le discours de la jeune femme, Sleek comprit l'ampleur du problème. Il s'avança à son tour à l'avant du fourgon. Cooper le regarda, intrigué. Sleek avait besoin d'elles, de Feargus et de Cooper. Mais aujourd'hui il ne savait pas comment faire. Toute cette histoire prenait une tournure catastrophique. En pensant à ça, il baissa la tête, abattu.

Un silence pesant venait de s'installer dans le petit fourgon et la seule chose qu'on entendait à présent était le bruit du moteur et les voitures qu'ils croisèrent.

Après plusieurs minutes, il releva la tête.

— Ava, Petra, j'ai besoin de vous. Vous êtes les seules que je connaisse capables de faire ça. Mais aujourd'hui je manque de temps, la vie d'un enfant et celui du monde sont en jeu. Il faut remonter au criminel et si pour ça je dois traverser toute la terre je le ferais. Je n'abandonnerai pas ma mission, ni les miens !

Ava regarda un instant Sleek dans le rétroviseur et vit toute la détermination dans ses yeux. D'un seul mouvement de tête, les jumelles acquiescèrent et Feargus ne put s'empêcher de gronder que lui non plus ne voulait pas voir son monde détruit, et que ses petites incursions chez l'ennemi avaient ravivé sa flamme. Ça faisait très longtemps qu'il n'avait pas repris les armes et ça lui manquait. Alors, avoir un peu d'action et surtout de la popularité chez les femmes, lui convenait parfaitement.

Cooper leva les yeux au ciel et lui assena une tape à l'arrière de la tête, ce qui déclencha une dispute entre les deux hommes. Le ton venait tout juste de monter quand les trois loups furent projetés violemment contre les sièges avant.

Feargus était parti pour râler, mais se ravisa immédiatement quand il vit le regard de braise d'Ava, qui venait de piler et qui se garait déjà sur le bas-côté.

— Écoutez-moi bien, vous deux ! Si j'entends encore le moindre bruit, je peux vous assurer que je me ferais un plaisir de vous découper en rondelles et de vous donner à manger aux chiens du quartier ! Ai-je été assez claire ?

Les deux loups inclinèrent la tête en signe d'acceptation et se regardèrent en chien de faïence tout le long du trajet. Sleek commençait à les connaitre et savait qu'ils ne resteraient pas fâchés très longtemps.

CHAPITRE 10

Carrie

De mon côté, j'attendais avec une certaine appréhension l'heure de la réunion. Afin que personne ne sache que ce fût moi qui étais derrière tout ça, j'avais demandé au majordome de recevoir ces messieurs et de les installer dans la salle de réunion, sans aucun autre commentaire. À présent du haut de ma chambre, j'observais le défilé des voitures qui arrivaient les unes après les autres. J'espérais sincèrement que nous avions pris la bonne décision. Perdue dans mes pensées, je n'entendis pas Juno entrer. Il m'appela doucement pour ne pas me surprendre, mais je ne pus m'empêcher de sursauter. Il m'informa alors que tous les loups étaient présents et qu'il ne manquait plus que nous. Je hochai la tête et sortis de la chambre.

Arrivée devant la porte de la salle, je soufflai un grand coup et lançai un regard inquiet à Juno. Son sourire m'encouragea. Je tournai la poignée et entrai.

Ils étaient tous là, assis autour de l'immense table ovale. Quand ils m'aperçurent, ils se levèrent rapidement. Sans un mot, je m'assis à la place de mon mari. D'une voix grave, je leur ordonnai de prendre place. Ils furent surpris que j'en donne l'ordre.

— Bien… Commençons. Tout d'abord merci à tous d'être présents aujourd'hui. Comme vous pouvez le remarquer, Adam n'est pas là. En effet mon mari a des obligations et ne pouvait pas être présent. Si je vous ai fait venir ici, c'est parce que j'ai besoin de vous tous. Notre fille a été kidnappée et tout porte à croire que les traqueurs sont derrière tout ça. Mais, il se peut aussi qu'il y ait un traître parmi nous.

Je venais de lancer une bombe en pleine réunion d'Alphas, sans Adam à mes côtés. J'avais bien senti que cela eut un effet cataclysmique, Juno avait même reculé de quelques centimètres lors de l'annonce, et pourtant, il savait tout comme moi ce qui s'était passé. Des voix commençaient à s'élever et avant de perdre le contrôle de la réunion, je repris la parole dans l'espoir de me faire entendre et d'être soutenue.

— Je sais que ça peut vous paraître improbable, et pourtant nous n'avons pas trouvé de trace. L'odorat des loups a été neutralisé et vous savez tout comme moi que seuls les traqueurs ou les hommes-loups connaissent ces techniques. Le seul qui aurait pu nous dire ce qui s'est passé, a été découvert gisant au sol avec une fléchette tranquillisante plantée dans l'épaule. À ce jour, nous savons seulement que notre fille a été enlevée et que le ravisseur a procédé à un échange. Je suppose que ça devait être une jolie somme d'argent. C'est le seul élément que nous ayons. Écoutez, je vous ai fait venir ici aujourd'hui, pour m'aider dans les recherches. S'il vous plait, joignez-vous à nous. Je vous le demande, en tant que mère. Aidez-moi…

Pendant quelques instants, chacun prit le temps de réfléchir à ce que je venais de dire. Mais le premier qui rompit ces réflexions fut Swayn Skelton.

— Pourquoi ? Pourquoi devrions-nous vous aider, alors que vous nous avez trompés.

— Trompé ? À quel moment, Skelton ?

— Vous avez utilisé le sceau du chef du Cercle. Vous avez signé en son nom et sans son accord…

— Qu'est-ce qui vous dit que je n'ai pas son accord ?

— Adam n'est pas là… ni Andrew. Et ce qui est surprenant, c'est que votre mari ne nous a pas demandé de nous bouger le petit doigt pour venir à votre secours. D'ailleurs… Est-il au moins au courant ? À croire votre discrétion sur cette réunion, j'ose penser qu'il ne l'est pas.

Je grinçai des dents et Skelton sourit de plus belle. Il avait entièrement raison, mais je ne pouvais pas laisser passer ma seule chance d'obtenir de l'aide s'envoler.

— Depuis quand la femme du chef doit supplier pour obtenir de l'aide ! Si Adam, donc, mon mari, est votre chef, cela fait aussi de moi, la vôtre. Et dois-je vous rappeler que je suis une Alpha ! C'est en tant que telle que je vous ordonne de venir à notre aide. La fille du chef du Cercle a disparu et vous devez la retrouver. Donc, Swayn Skelton, je vous oblige à prendre part aux investigations.

— Ah oui ? Vraiment mademoiselle Molier ?

— C'est Warlock…

— Je vous demande pardon ?

— C'est Carrie Warlock et plus Molier. Je vous prie d'utiliser mon nom comme il se doit.

— Oh ! Si ça vous fait plaisir, votre Altesse Sérénissime !

Notre conversation tournait en ma défaveur et certains loups commençaient à soutenir Skelton.

Surtout que je venais de proclamer mon autorité sur eux, or je ne savais même pas si j'en avais le droit.

Mais si je lançais un seul regard vers Juno, je perdrais tout crédit.

Deux groupes se formaient peu à peu, l'un me soutenait entièrement, quant à l'autre, il était du côté de Skelton. Nous débattions une bonne partie de l'après-midi et en début de soirée, les deux clans furent formés. Même si quelques-uns ne voulaient pas prendre parti pour personne, je sentais qu'ils doutaient sérieusement de moi. J'étais encore novice pour être une véritable cheffe, mais j'avais quand même gagné quelques meutes. Une fois le groupe adverse parti, j'informai les loups présents et de notre côté, qu'une réunion pour monter le plan se tiendrait à Analheime dans deux jours.

Juno et moi quittions la demeure ce soir-là pour rentrer à la maison. La présence des miens me manquait.

CHAPITRE 11

Carrie et Adam

À L'instant même où se tenait la réunion dans le Nebraska, Adam et Andrew arrivèrent dans une des meutes en Floride. En sortant de la voiture, Adam ressentit cette chaleur écrasante. Lui qui détestait ça, ici il allait être servi. Il entendit un long bâillement et sourit en voyant son cousin émerger de la voiture. Andrew s'était endormi deux heures avant d'arriver.

— Bien dormi ?

— Tu rigoles, Adam ? Tu as vu ma tête !

— Justement ! Tu es magnifique !

Là-dessus Adam éclata de rire et partit prendre les bagages. Au même moment Andrew entendit la voix d'une enfant l'appeler. Tout en lui faisant signe, elle se dirigea vers lui en courant.

— Andrew ! Je suis contente de te voir ! Papa est parti à la réunion auquel Adam le conviait, du coup c'est avec maman que tu as rendez-vous !

En entendant ça, Andrew écarquilla les yeux et Adam claqua la porte du coffre.

— Mona !

— Adam ? Mais tu fais quoi ici ?

— De quoi tu parles, Mona ? Je n'ai jamais demandé de réunion !

— Pourtant papa a reçu une note avec le sceau, hier. C'est prévu aujourd'hui dans le Nebraska !

Andrew continuait de dévisager la fillette et Adam décrocha son téléphone pour joindre Hector. Quelques sonneries plus tard, le majordome décrocha.

— Bonjour, à qui ai-je l'honneur ?

— Hector ! C'est Adam ! Je suis actuellement en Floride et je viens d'apprendre que j'organise une réunion aujourd'hui ! C'est quoi cette histoire ?

— Bonjour, monsieur ! J'ai essayé de vous joindre des centaines de fois ! Je suis content de voir que vous n'avez rien ! Concernant cette assemblée… eh bien, c'est une idée de votre femme et d'un de ses loups. Je ne sais pas pourquoi elle a demandé ça et encore moins comment elle a fait. Je vous prie de bien vouloir accepter, mais plus sincères excuses, monsieur, j'ai manqué de vigilance.

— On discutera plus tard de tout ça, Hector ! Pour le moment, je vous demande de bien vouloir me dire pourquoi ma femme a demandé aux Alphas de venir, et pourquoi elle s'est fait passer pour moi ? Je veux savoir de quoi parle cette réunion, débrouillez-vous ! Je vous rappelle dans une heure.

En raccrochant, Adam se sentit abattu. Il n'avait plus de nouvelles depuis un moment, même s'il comprenait parfaitement pourquoi. Mais de là à organiser une réunion, sans être prévenu et se faire passer pour lui, c'est que quelque chose de grave avait dû se produire.

Une heure plus tard, comme prévu Adam appela Hector.

— Bonjour, en quoi puis-je vous être utile ?

— Hector ! C'est Adam, avez-vous du nouveau ?

— Hélas, monsieur, je n'ai pas pu obtenir beaucoup d'informations. Je sais seulement qu'une personne s'est fait enlever. C'est pour ça que votre femme a demandé aux Alphas de venir pour essayer de la retrouver.

— Un enlèvement ? Trouvez-moi le nom du loup qui s'est fait kidnapper ! Et ne dites à personne que je vous ai eu au téléphone, ça mettrait ma femme en danger. Andrew et moi partons immédiatement et arrivons dès que possible. Hector, comme à votre habitude, soyez discret.

— Bien, monsieur. Monsieur souhaite-t-il que je le rappelle après avoir trouvé ce qu'il cherche ?

— Non, c'est moi qui vous contacterai. Merci et à plus tard Hector.

— Je vous en prie, monsieur.

Ils se dépêchèrent de rentrer directement à Lincoln. Lorsqu'ils arrivèrent enfin, la réunion était finie depuis quatre heures. Adam avait à peine eu le temps d'ouvrir sa portière qu'Hector apparut.

— Bonsoir, monsieur.

— Ah, Hector ! Alors avez-vous des nouvelles ?

— Oui… Monsieur. Je suis vraiment désolé pour vous…

— Je vous demande pardon ?

— C'est… C'est votre fille, monsieur. La personne qui s'est fait enlever, c'est votre fille.

Il fallut à Adam quelques secondes avant de comprendre ce que venait de dire le majordome. Il venait d'apprendre qu'il était devenu papa et par la même occasion la disparition du bébé. Il sentit ses jambes lâcher sous son poids et s'appuya sur le capot de la voiture pour éviter de tomber. Adam sentait son corps vidé, brisé et meurtri.

— Ma… fille.

— Oui, monsieur. Votre femme est repartie à Analheime, il y a trois heures.

— Andrew… Annules tous mes rendez-vous jusqu'à nouvel ordre. Ordonne à tous les loups de la retrouver et dis à ceux qui ne veulent pas que je me chargerai personnellement de leur cas ! Hector, vous me prenez le premier billet pour Boston !

— Bien, monsieur !

Adam atterrit à Boston le lendemain matin. Il essayait de contacter Carrie depuis cinq minutes sans résultat pour lui annoncer sa venue. Il récupéra une voiture de location et se mit en route vers Analheime. Il appréhendait un peu leurs retrouvailles, connaissant son caractère et sachant qu'elle pouvait démarrer au quart de tour. Mais il était extrêmement inquiet, comment diable leur fille pouvait avoir disparu ? Il savait que la meute avait dû tout mettre en place pour la sécurité de la petite, alors comment avait-elle été enlevée ?

Nous étions dans le salon en train d'organiser la réunion de demain et de continuer les recherches quand Thuss releva brusquement la tête de son ordinateur.

— Carrie ! Je crois que j'ai entendu une voiture arriver.

— Bizarre… On n'attend personne avant demain. Je vais voir ce que c'est. Toi, tu restes ici !

Je me levai du canapé et me dirigeai vers l'entrée, accompagnée de Juno. Une fois dehors, nous avions attendu quelques instants avant de voir apparaître une grosse berline noire. Je ne connaissais pas cette voiture et je sentis une certaine appréhension monter. Elle se gara près du porche. Je vis soudainement Adam en sortir.

Je le regardai, complètement abasourdie. J'étais heureuse de le voir, mais pourtant, je ne sentais aucune joie au fond de moi.

Il s'avança rapidement, mais fut stoppé par un grondement sourd.

— Bonjour, Carrie… écoute je sais ce qu'il se passe et pourquoi tu as demandé une réunion. Je suis venu pour t'aider à retrouver le bébé. J'ai demandé à Andrew de contacter ceux qui n'avaient pas voulu se joindre aux recherches en leur rappelant leurs obligations. Je te promets que nous allons la retrouver ! Et je ferai payer très cher celui qui nous l'a pris…

Malgré mon grondement, il continua d'avancer, lentement.

— Pour commencer, le bébé a un nom ! C'est Amy ! Tu ne connais même pas le prénom de ta fille… en même temps comment le veux-tu ! Tu n'as jamais daigné prendre des nouvelles ! Comment tu as osé me faire ça ? Tu m'avais promis de m'aimer et de me protéger quoiqu'il arrive… J'ai de sérieux doutes maintenant. Et aujourd'hui, que la situation est catastrophique, tu viens jouer le héros ! Eh bien non, je suis désolée, je ne te laisserai pas prendre cette place. Je te demande gentiment de partir avant de sérieusement m'énerver.

— Je ne suis pas là pour jouer au héros ! Mais pour récupérer notre fille ! S'il te plaît, laisse-moi t'aider !

— Non, pas question ! Tu m'as abandonnée alors que j'étais enceinte d'un mois et demi ! Tu n'as jamais voulu de cet enfant ! Je t'ai laissé des centaines de sms et je t'ai appelé des dizaines de fois sans que tu daignes décrocher ! Quant aux messages sur ta boîte vocale, je ne les compte même plus ! Et on en parle aussi de ton retour inespéré ? Ah non, pardon… tu as annulé ! Tu as annulé à un mois de mon accouchement ! Sérieusement ? Quel mari sensé aurait fait ça ? J'aurais largement préféré savoir que tu ne reviendrais pas. Tu es égoïste et cruel ! Je regrette sincèrement de t'avoir épousée !

— Tu te moques de moi, j'espère ? Je n'ai pas reçu un seul des messages que tu me cites ! Et toi alors dans le genre, tu n'es pas mieux ! Tu n'as jamais répondu à mes appels et à mes sms ! Quant à l'annulation de mon retour à Analheime, je n'ai pas sauté de joie. J'ai dû faire ça pour la sécurité de tous. Concernant le bébé… je n'étais pas prêt, tout simplement. Je sais que ma réaction était puérile et que j'aurais dû te soutenir et t'épauler. Mais, j'en étais incapable à ce moment-là. Et pour notre mariage, on en discutera plus tard…

— La sécurité de tous ! Tu rigoles ? Amy a disparu ! Elle est introuvable ! Mais ça, tu t'en fiches ! La seule chose qui t'importe c'est d'être bien vu des autres Alphas. Tu t'es dit que tu partirais à sa recherche ? Tu peux rêver !

— Arrête tes âneries ! Tu es ridicule, Carrie ! Je ne fais pas ça pour être bien vu ! Je fais ça parce que c'est mon rôle de père et de mari de protéger ma famille.

— Ton rôle de père et de mari ? Non, mais tu délires là ? Mon mari est parti il y a bien longtemps ! Et le père n'a jamais existé !

— En effet, je concède que je n'ai pas eu le temps d'exercer mon rôle de père convenablement. Mais tu ne m'as pas aidé non plus à prendre cette place !

— J'en ai assez entendu ! Hors de ma vue !

Cette fois, ce fut un véritable grognement de rage qui sortait. Pourtant, il continuait à s'avancer. Tout se déroula alors très vite et je ne compris pas tout à fait ce qu'il se passait. Toute cette colère, cette haine que je gardais depuis un moment en moi, éclata. Soudain, je découvris Adam à terre. Il se releva, un peu sonné, en se tenant l'épaule. Il avait du sang sur sa chemise et une trace de morsure. Comment était-ce possible ? Juno n'avait pas bougé et me regardait, tétanisé. Je ne comprenais pas. Qui avait pu lui faire ça ? Je n'avais vu personne.

— En effet, Carrie… je crois… je crois qu'il faut que je m'en aille. Chacun enquêtera de son côté. Mais sache que je t'aime et que contrairement à ce que tu crois, je n'ai jamais cessé de penser à Amy et à toi. Vous êtes ce que j'ai de plus précieux au monde…

Sur ces mots, il repartit dans sa voiture. Je n'arrivai pas à bouger et aucun son ne sortait de ma bouche, j'étais totalement paralysée. Le cœur brisé, je le vis alors s'éloigner. Voilà comment en deux minutes, notre relation venait d'être balayée.

Cela faisait quelques heures qu'Adam était parti et Juno était encore sous le choc. Il n'osait pas me regarder depuis et m'évitait soigneusement comme si j'avais la peste. Les autres, qui avaient sûrement dû voir ce qui s'était passé, se comportaient de la même manière. Je n'arrivais pas à discuter avec eux comme avant. Je pensais qu'ils m'en voulaient de m'être énervée contre Adam, mais pourquoi m'éviter ?

Le lendemain, Garry et Charlie se retrouvèrent chez nous. C'était les deux seuls, hormis ma grand-mère, qui avaient bien voulu me donner un coup de main pour les recherches. Nous avions décidé, pendant que les deux meutes mettaient à mon service un maximum de leurs loups, d'organiser une grande battue d'ici deux jours. Pendant ce temps, nous continuions nos recherches nuit et jour et parcourions de nombreux kilomètres.

Pendant que ma meute cherchait des indices, je reçus un appel de Juno. Il m'informa qu'il avait détecté l'odeur d'Amy ainsi que celle… d'O'connor. Il se cachait dans une vieille ferme abandonnée, au fin fond de la forêt, près de la frontière de la meute de Bayron, un des amis de Swayn. J'avais un peu peur de ce loup, il était vicieux, sûr de lui, imbu de sa personne et foncièrement mauvais. Je l'avais rencontré la première fois lors de mon mariage et Adam m'avait prévenue qu'il fallait se méfier de lui. Je savais d'expérience que ce genre de personne n'attirait que des ennuis et je ne voulais absolument pas qu'il soit au courant de ce qui se tramait près de chez lui. Il fallait que l'on agisse vite et en toute discrétion.

Je ne mis pas longtemps à retrouver Juno et les autres. Mes mains tremblaient de peur, il fallait vite la récupérer. Adam m'avait expliqué que dans certaines situations, la partie loup qui était en nous pouvait devenir incontrôlable. En particulier lorsqu'il s'agissait de protéger une personne qui nous était chère et que la transformation était inévitable. Même s'il avait souligné que dans mon cas, je n'aurais jamais ce problème.

Pourtant… Je commençais à douter.

Sélèné avait vu une fenêtre brisée, à l'arrière de la ferme. Pour plus de sécurité, nous ne pouvions attaquer de front, en plein jour. Car une fois sortis des fourrés, nous serions à découvert. Il nous fallait encore attendre une heure avant de pouvoir faire quoi que ce soit. Je comptais bien faire regretter à O'connor de l'avoir kidnappée et je voulais surtout savoir pourquoi il avait fait ça. Je le reconnais, il était alcoolique et complètement obsédé par les hommes-loups, mais je ne le pensais pas assez intelligent pour avoir découvert notre secret.

Une fois la nuit tombée, les loups se transformèrent et encerclèrent la vieille ferme. Je restai à distance et les voir s'éloigner, sans que je puisse les aider, me rendait folle. Juno fut le premier à entrer suivi de Sélèné, pendant qu'Anna et Thuss surveillaient les environs. J'entendis alors les grognements de mes loups et plusieurs tirs. Il était armé, j'aurais dû m'en douter. En entendant des coups de feu, Anna et Thuss entrèrent brusquement dans la bâtisse. Soudain, un silence pesant s'installa. Je ne sais pas ce qui me prit à ce moment-là, mais quand je le vis apparaître devant la porte et à l'arrière, mes loups étendus au sol, je sortis de ma cachette et me postai devant lui. J'étais folle de rage et hors de contrôle. Il fut surpris de me voir ici et resta sur la défensive, le fusil tranquillisant toujours en main.

— Oh ! Mais c'est ma petite vétérinaire préférée !

— Un conseil, O'connor, lâchez très vite votre arme, vous auriez dû prendre un vrai fusil, parce que je vais vous tuer.

— Vous me menacez ! Alors que je viens d'anesthésier toute votre meute de loups et que vous n'avez plus personne pour venir vous protéger.

— Détrompez-vous, je n'ai besoin de personne pour me protéger et pour protéger ma famille.

— Très bien dans ce cas, que comptez-vous faire ? Me tuer ? Haha, avec quoi ? Vos petits bras musclés ? Laissez-moi rire !

— Vous ne savez pas à qui vous avez à faire…

Un grognement sourd se fit entendre. Pensant que c'était l'un de mes loups, je sentis monter à nouveau cette colère en moi. Je laissai aller ce sentiment, m'emportant dans un tourbillon de fureur. O'connor devint livide. Il rechargea alors son fusil et tira. Je parvins sans peine à esquiver les fléchettes tranquillisantes.

Cette petite partie de chasse dura peu de temps, juste assez pour arriver à le faire sortir de la maison. Le temps que mes loups se réveillent et qu'ils soient en sécurité quelques minutes.

Mais je commençais à en avoir assez et il fallait mettre un terme à tout ça, maintenant. Profitant d'un moment de faiblesse de mon adversaire, j'attaquai. Je me jetai sur lui et atterris avec douceur sur la terre ferme.

Dans une vaine tentative, il essaya d'attraper son fusil que j'avais réussi à éloigner. Étant plus rapide, j'arrivai avant lui et repoussai son fusil en direction d'un des loups, qui le brisa en un coup de mâchoire. L'arme détruite, il se retrouva sans protection.

Je m'approchai alors de lui. Je ne me contrôlai plus du tout. Il savait que je m'apprêtais à le tuer, mais je fus stoppée par Juno qui venait de s'interposer entre nous. Il venait de prendre un très gros risque. Tout le monde sait qu'il ne faut jamais s'interposer entre un prédateur et sa proie. Je ne supportai pas de le voir réagir de cette manière et commençai à gronder. Mais il ne bougea point, me tenant tête. Sa voix grave s'éleva dans la nuit sauvage

— Carrie, ne fais pas ça ! Tu n'es pas une meurtrière et nous avons besoin de lui pour retrouver Amy.

Je me ressaisis en entendant le prénom de ma fille, et m'effondrai au sol. Quelques instants plus tard, Juno m'aida à me relever. À nouveau, il garda ses distances. J'ordonnai aux loups de ligoter O'Connor. Nous devions l'emmener à la maison pour l'interroger. Thuss trouva son pick-up et pendant que nous nous entassions dans la voiture, Juno balança O'Connor dans le coffre en ajoutant à haute voix : « Souvenir ! Souvenir ! ». Ce qui ne manqua pas de me faire sourire. Il faisait référence à la fois où le ranger m'avait jetée dans son coffre et attachée dans la forêt en plein hiver, persuadé que la meute d'Analheime viendrait me sauver. Il fallait bien reconnaître que pour une fois ce cinglé avait eu raison.

Une fois arrivés, je pris une chaise et Juno attacha notre otage dessus. Après un rapide diagnostic de la meute, je m'aperçus que Thuss et les filles étaient encore bien assommés par la fléchette. J'ordonnai à Sélèné de rester avec eux dans le bureau et de n'en sortir que sur mon ordre. Elle acquiesça et partit rapidement en n'osant à peine me regarder. Je me demandai bien ce qui leur prenait, car depuis qu'Adam était revenu, aucun d'eux ne voulait me regarder dans les yeux.

Je soupirai et pris une chaise que j'installai en face de O'Connor. Je fis alors signe à Juno d'enlever son bâillon. Forcément, une fois libre, il ne put s'empêcher de vociférer et quand enfin je le croyais calmé, son langage redoubla de beauté. Juno me glissa qu'il pouvait lui couper la langue si je le voulais. Sentant que la situation allait déraper, je commençai à parler calmement.

— O'Connor. Pour commencer, aucun de nous ne va vous tuer. La seule chose que je veux, c'est savoir où est ma fille et pourquoi vous l'avez kidnappée ?

— Je ne veux pas vous parler ! Vous êtes un monstre comme eux !

— Arrêtez l'alcool ! Ça vous fait du mal ! Je suis humaine. Comme vous, imbécile !

— Humaine ! Parce que vous pensez que quatre pattes, une queue, des poils et des crocs acérés comme des lames de rasoir, c'est humain… ?

— Je vous demande pardon ?

— Oh ! Par pitié, ne faites pas comme si vous ne saviez pas de quoi je parle ! Je vous ai vu vous changer en loup !

Je me retournai vers Juno, complètement interdite, en lui faisant signe que O'Connor avait les neurones qui déraillaient. Je ne reçus pas le sourire que j'attendais. Au contraire, Juno baissa les yeux. En le voyant faire ce geste, il continua.

— Voyez ! Même lui à la trouille de vous !

— Oh la ferme ! Maintenant vous allez répondre à mes questions ! Pourquoi avez-vous kidnappé ma fille ?

— Parce que l'on m'a engagé pour le faire, contre une belle somme et on m'a promis le loup noir !

— Alors, tout d'abord le loup noir, vous ne l'aurez jamais ! Ensuite, qui vous a engagé et où est ma fille actuellement ?

— Je n'en sais rien. Je ne sais rien du tout !

— Quoi ? Comment ça ?

— Je ne sais pas. Un matin quelqu'un est venu frapper à ma porte en disant que son patron avait une offre à me faire. J'ai accepté de le suivre.

— Vous savez où ils vous ont emmené ?

— Pas du tout ! J'ai porté un bandage sur les yeux tout le long du trajet.

— Dans ce cas, vous avez sûrement dû voir l'homme qui vous a engagé ?

— Pas de bol ! Là non plus, rien de rien. Il se tenait dans une pièce sombre, je ne le distinguais même pas. Et quand il a fini de me proposer son marché, que j'ai accepté, j'ai vu un loup gris sortir de la pénombre.

— Un loup gris ?

— Eh oui, Molier ! On dirait bien que l'un de vos semblables vous a trahi.

— Comment avez-vous fait pour la kidnapper et où est-elle maintenant ?

— Bah, il m'a filé un de ses loups pour endormir l'autre et faire disparaître nos traces. La suite vous la connaissez, j'ai réussi à kidnapper votre fille et je l'ai échangé ce matin contre cette mallette remplie de jolis petits billets verts. Je l'ai confiée, sûrement à l'un des larbins, mais celui-là était terrifiant avec ses yeux rouges !

Son sourire sarcastique m'exaspérait, mais avant que je puisse dire quoi que ce soit, je sentis un souffle au-dessus de mes oreilles. Une fléchette vint se planter dans le cou de O'Connor. Il commença à suffoquer. Ses poumons manquaient d'air. Il asphyxiait, ses yeux convulsaient, montrant que le blanc de ses globes oculaires. Ses jambes tremblaient. Un filet de bave coulait de sa bouche, et malgré la rapidité d'intervention de Juno, il se raidit sur sa chaise.

Le venin dans la flèche fit son effet, il mourut en seulement quelques secondes. Juno se précipita dehors, mais il ne vit que les ténèbres qui s'étendaient à perte de vue. Lorsqu'il rentra, je le vis froncer les sourcils.

— Qui a-t-il, Juno ?

— Il ne voulait pas qu'il parle, on dirait.

— En effet… mais heureusement il nous a dit l'essentiel. C'est ce que nous craignons, un loup a kidnappé Amy et il travaille avec les traqueurs. Mais je ne comprends toujours pas pourquoi ?

En me retournant, je vis le cadavre de O'Connor gisant au sol. Je demandai à Juno ce que nous pourrions bien faire de lui. Il m'informa qui lui restait encore une place dans les frigos de l'hôpital, le temps qu'on trouve une autre solution.

CHAPITRE 12

Carrie

Le lendemain, j'informai Garry et Charlie de notre découverte.

De son côté, Garry contacta Sleek pour lui donner les dernières nouvelles. À présent, il savait qu'Amy était entre les griffes des traqueurs. Les connaissant, Sleek accéléra les recherches avec Feargus et Cooper. Pendant ce temps, les jumelles décryptaient les nombreux algorithmes qui pourraient enfin réussir à percer cette histoire.

Quant à moi, je faisais tout ce que je pouvais pour retrouver ne serait-ce qu'une empreinte de ma fille. Je devais aussi continuer à assurer mes fonctions. Je dus me rendre à New York, chez Garry pour une autre réunion au sommet. Au moment de fermer la porte d'entrée, j'entendis une voiture arriver. Une Cadillac se gara juste devant ma voiture. La fenêtre arrière se baissa et Swayn Skelton apparut. Que me voulait bien ce vautour ?

— Ah ! Mademoiselle Molier ! Comment allez-vous ?

— Pour la centième fois, Skelton, c'est Warlock ! Et je peux savoir ce que vous venez faire ici, chez moi ?

— Voyez-vous ma chère amie, j'étais venu voir mon ami, Bayron, qui habite près d'ici. En partant, je me suis dit : « Tiens et si je passais prendre la femme du chef, ça me permettrait peut-être de remonter dans son estime ? ». Et me voilà devant vous ! Alors ? Vous venez ? Je serais ravi de vous conduire chez notre sympathique hôte !

Je relevai un sourcil et soupirai. Je me demandais bien ce qu'il cachait. Je commençais un peu trop à connaitre ce type et je savais que s'il faisait ça, c'est qu'il avait un intérêt à y trouver. Mais, je savais aussi qu'Adam était intervenu en rappelant les obligations des loups. Je ne pouvais donc pas refuser, même si je devais monter dans sa voiture et prendre l'avion avec lui.

— Bien, dans ce cas. Je monte.

Ravi, il hurla à son chauffeur de m'ouvrir la porte et je remerciai d'un signe de tête ce pauvre loup terrorisé. Pendant presque deux heures de route, nous ne nous étions pas adressé une seule parole. Il passa plusieurs appels et enfin quand il eut terminé, il me regarda des pieds à la tête tout en souriant, ce qui me rendait littéralement malade. J'avais beau le fusiller du regard rien n'y faisait. Alors je me mis à gronder, ce qui le fit sourire de plus belle.

— Ah Carrie ! Vous et moi sommes partis sur de mauvaises bases, voyez-vous ! Je tenais à vous présenter mes plus sincères excuses. Vraiment, je suis navré pour l'autre jour, je pense que je suis allé un peu loin.

— C'est bon, Skelton ! Arrêtez votre blabla ! Je sais qu'Adam est intervenu et qu'il a menacé chaque loup qui ne participerait pas aux recherches. Vous et moi, nous nous détestons autant l'un que l'autre ! Alors par pitié, venez-en aux faits et expliquez-moi concrètement ce que vous me voulez ?

— Hum… c'est très triste. Je pensais vraiment ce que je vous ai dit. Ami… ? Je sais que cela n'aura jamais lieu. Mais, pourquoi pas une collaboration ?

— Une collaboration ? C'est-à-dire ?

— Pour retrouver votre fille. Je sais que ce sont des traqueurs qui l'ont kidnappée, alors pourquoi ne pas frapper à la porte de leur chef directement ? Elle doit être là-bas !

— Comment savez-vous cela ?

— J'ai eu Charlie au téléphone ce matin et il m'a tout raconté.

Je restai sur la défensive, même si son sourire forcé se voulait rassurant. Il y avait quelque chose d'extrêmement dérangeant chez lui. Le genre de chose qui me maintenait en alerte. Je ne savais pas si c'était ses cheveux bruns gominés, plaqués en arrière tel un truand, ou ses yeux perçants. Pour éviter tous problèmes supplémentaires, je décidai de l'écouter, mais seulement d'une oreille.

— Mon ami Bayron et moi-même aimerions nous joindre à vous. Nous souhaitons commencer à prendre d'assaut le plus vite possible, la horde de traqueurs qui doit sûrement avoir votre fille !

— Et si elle n'y est pas ? Vous ferez quoi ?

— Nous pourrons toujours en garder quelques-uns en vie pour leur ôter toutes les informations possibles, et ensuite… nous les achèverons !

— Vous êtes ignobles !

— Oh, je vous en prie ! Ils ont essayé de vous tuer ! De tuer les nôtres ! Ils ont enlevé votre fille ! Et vous, vous voulez les épargner ?

— Je n'ai pas dit ça. Vos méthodes sont cruelles ! Vous êtes dérangé ! Ce n'est pas comme ça qu'on règle les problèmes ! Non, c'est comme ça que l'ont

créé une guerre ! Vous souhaitez les exterminer, alors
que vous ne savez même pas si ma fille est véritablement chez eux ! Je ne tuerai personne sans être sûre
qu'ils n'ont rien fait à Amy !

— Raah… vous êtes restée parmi les humains
beaucoup trop longtemps ! Vous réfléchissez comme
eux !

Au moment où j'allais répliquer, nous arrivâmes
enfin à l'aéroport. Heureusement, j'avais réservé mon
billet d'avion, ce qui me permettrait de l'éviter pendant un moment. Il insista pour que l'on se retrouve
ensemble pendant le trajet, mais je lui indiquai, de
mon plus beau sourire, que si je restais encore une minute près de lui, il se retrouverait taillé en pièces.

Une fois arrivée sur le tarmac, je ne le vis pas se
glisser à mes côtés.

— Vous avez fait bon voyage ?

— Aaah ! Skelton ! Vous m'avez fait peur !
Abruti !

— Oh ! Toutes mes excuses, madame ! Pour me
faire pardonner, laissez-moi payer notre taxi pour
nous rendre à la City !

— Non, surtout pas ! Je vous remercie !

Mais à peine eus-je le temps de répondre qu'il me
jeta dans le premier taxi qu'il trouva.

Il me tint encore son discours de tuerie générale
pendant tout le long du trajet. Quand nous arrivâmes
enfin, il sortit du véhicule avant moi et une légère
brise se glissa dans la voiture. Une odeur que je connaissais envahit l'habitacle, pourtant je n'arrivais plus
à me rappeler d'où elle venait. Je me ressaisis rapidement et entrai dans le building, accompagnée de mon
nouveau meilleur ennemi.

À peine arrivé dans le bureau, il entra en premier et tira ma chaise, en m'invitant à m'assoir. J'étais véritablement dégoutée par toutes ses politesses. D'ailleurs, Charlie qui était déjà arrivé, haussa les sourcils et observa scrupuleusement son cinéma, la bouche béante. Sans aucun commentaire, je m'assis. Il prit alors la chaise juste à mes côtés et s'installa. Charlie n'arrivait toujours pas à réaliser ce qui se passait et tardait à annoncer le début de la réunion.

— Eh Charlie ! Il faut se réveiller ! Balance les sujets rapidement sinon ma nouvelle amie et moi prendrons congé ! Pas vrai, ma Carrie ?

— Je ne suis pas votre Carrie ! Et Charlie commence quand il le souhaite !

— Oh ! Bon ! Bon ! Ça va, on se calme ! Je rigolais !

— Ça ne fait rire que vous, Skelton ! Et arrêtez de me coller ! C'est insupportable !

— Swayn !

Il se retourna brutalement vers Charlie et changea de couleur. Je n'avais jamais vu l'Alpha de Boston dans un tel état d'anxiété. Ce qui m'interpella le plus, c'est le silence inquiétant de Garry. Ce dernier croisa le regard de Charlie et d'un signe de tête, lui ordonna de continuer.

— Le sujet d'aujourd'hui est vital ! Je vous demanderai d'arrêter vos âneries immédiatement, Skelton. Nous devons retrouver l'héritière, le plus vite possible, avant que les traqueurs ne lui fassent du mal. De plus, nous devons découvrir qui est caché derrière tout ça ! Adam a déjà repris les recherches. Carrie prendra la tête du groupe du Massachusetts.

La réunion dura tout l'après-midi et pendant ce temps à New York, Sleek avançait.

CHAPITRE 13

Sleek

Ava et Petra avaient réussi à craquer une partie des algorithmes, et avaient trouvé des coordonnées GPS qui apparaissaient dans plusieurs messages codés. Elles découvrirent via un plan satellite, que l'endroit était un vieil entrepôt abandonné au milieu d'une forêt dans le Massachusetts.

Une fois les informations en main, Sleek, Feargus et Cooper se hâtèrent de trouver ce fameux bâtiment. Mais, rien ne prédisait ce qu'ils allaient y trouver.

Une fois sur place, les trois loups découvrirent rapidement l'endroit.

— Je croyais que ça devait être désert ! Comment allons-nous faire pour entrer ? soupira Sleek en voyant autant de monde fourmiller autour de cet entrepôt.

En entendant ses mots, Feargus sourit et prit la parole.

— Allez, arrête de chouiner devant trois pauvres traqueurs ! Je t'imaginais plus intrépide que ça !

— Trois pauvres traqueurs ! s'étrangla Sleek. Tu te moques de moi ? Rien qu'à l'extérieur, il y en a au moins une vingtaine ! Et je pense qu'on n'a encore rien vu !

— Oh ! Il faut bien s'amuser dans la vie ! Au contraire, on va pouvoir se défouler !

— T'es un grand malade !

— Non ! Je suis ravi d'être là, moi ! Je crois au contraire que toute cette histoire touche enfin à sa fin.

— Je te demande pardon ?

— Oui, réfléchis ! Il n'y a rien qui te choque ? Nous devions nous retrouver devant un endroit délabré et vide. Qu'est-ce qu'on trouve ? Un bâtiment remplit de traqueurs ! Tu ne trouves pas ça bizarre, toi ?

Sleek regarda Feargus, ébahi, c'était bien la première fois qu'il disait quelque chose de sensé. Il se ressaisit rapidement et regarda le loup qui ne cessa de sourire.

— Tu as raison ! Ce n'est pas normal tout ce monde. Ils doivent protéger quelque chose de très précieux. À ce jour, ce qu'il y a de plus important pour eux et qui mérite autant de sécurité, c'est le bébé !

— Bon… j'ai un plan. Cooper ! Tu te souviens de notre première mission ensemble ?

Le loup qui surveillait l'entrée depuis le début de leur arrivée n'avait pas perdu une miette de la conversation. Il détacha son regard des traqueurs quelques instants et posa les yeux sur son ami, puis sourit à son tour.

— Bien sûr !

— Ah ! J'aime ça ! D'ailleurs, je trouve que c'est un jour parfait pour mourir.

— Idiot ! N'oublie pas notre promesse… tu n'as pas le droit de mourir sans moi !

Sleek ne comprit pas tout de suite ce qui se passait. Les deux hommes se levèrent en même temps et se ruèrent sur la porte d'entrée. Sleek resta un instant sans voix, et les observa se jeter sur les traqueurs. C'était une évidence, ces deux-là combattaient ensemble depuis tellement longtemps, qu'ils ne se regardaient même pas, chacun sachant parfaitement où l'autre se trouvait. À l'instant où Cooper allait donner le coup fatal à l'une de ces créatures, il cria à Sleek de se charger de retrouver Amy, pendant que Feargus et lui s'occupaient de ces monstres. Ce dernier acquiesça d'un signe de tête et se pressa d'entrer dans le bâtiment. Grâce à l'intervention des deux loups, tous les traqueurs se trouvaient à l'extérieur pour les combattre.

Sleek s'inquiéta pour Feargus et Cooper, mais reprit rapidement ses esprits. Il se transforma et commença à chercher la petite.

Les murs humides et sombres lui glaçaient le sang. Ses poils s'imprégnèrent de cette odeur de moisi. Des gouttelettes d'eau croupies tombaient sur son museau noir. Il détestait ça, mais se concentra sur une odeur familière qui lui parvenait à présent. Aucun doute là-dessus, c'était bien un loup. Il accéléra le pas, pendant une dizaine de minutes, il zigzagua d'un couloir à l'autre. Son flair était l'un des meilleurs du Colorado. Petit, hormis son frère, personne ne voulait jouer avec lui à cache-cache ou bien à colin-maillard, car il gagnait toujours.

Soudain, son flair l'avertit d'un danger. Il avait eu raison de se méfier. Tous les traqueurs n'étaient pas sortis. D'où il se trouvait, il en comptait cinq. Une porte s'ouvrit à la volée et trois d'entre eux sortirent vêtus de blouses blanches. L'un portait un stéthoscope autour du cou, le second des lunettes. Quant au dernier, une longue barbe lui mangeait le visage.

Sleek n'eut pas le temps de voir ce qui se tenait derrière cette porte, mais la conversation des trois

« médecins » le pétrifia sur place, en particulier les propos de celui qui portait des lunettes.

— Nous avons encore besoin d'un ou deux litres de sang avant de pouvoir injecter le sérum. Il faut accélérer la cadence ! Avant que ses fichus loups mettent la main sur elle !

Celui qui portait le stéthoscope prit la parole

— Et s'ils la trouvent avant ? Nous ferons quoi ?

Le traqueur à la barbe émit un rire sarcastique et coupa rapidement ses interlocuteurs.

— Ne vous inquiétez pas ! Avant qu'ils arrivent ici, nous n'aurons plus besoin d'elle !

Dans la semi-obscurité, un sourire diabolique s'érigea sur leur visage, les rendant encore plus terrifiant. Sleek était hors de lui. Il resta quelques minutes, immobile, et observa chaque mouvement de ses adversaires. Ce qui lui permettait de savoir à quel moment il pourrait frapper en prenant le moins de risques possible. Enfin cet instant arriva, mais pas comme il l'avait prévu. Des hurlements stridents suivis de grognements parvinrent à ses oreilles. Parmi eux, Sleek reconnut ceux de Feargus et Cooper. Ils n'étaient pas loin. Les cinq gardes sentant le danger imminent se changèrent et quittèrent leurs postes. La voie était libre.

Sleek espérait que ses amis n'étaient pas blessés. Il savait qu'une seule morsure de ces bestioles pouvait les tuer ou les transformer en traqueurs. Tout en sortant de sa cachette, il secoua la tête et se dirigea vers la porte où les médecins étaient sortis. En entrant, l'odeur du sang envahit ses narines. Quand il aperçut les traqueurs penchés sur Amy, un grondement monta de ses entrailles, qu'il ne put retenir.

Elle était reliée par de nombreuses perfusions à diverses machines, qui bipaient dans tous les sens. L'une d'elles pompait d'ailleurs son sang.

Les traqueurs l'entendirent gronder et au même moment ils se changèrent en monstre et se ruèrent sur Sleek, qui réussit à esquiver. Ce dernier avait été le bras droit de Bran et avait combattu pour lui, fort longtemps. Son agilité et sa souplesse lui permettaient beaucoup de choses que certains loups ne pouvaient pas faire, ce qui rendait ses adversaires complètement fous. Il réussit à attraper la patte d'un des traqueurs et la broya d'un puissant coup de mâchoire. Le cri terrifiant de la bête réveilla Amy, qui se mit à pleurer. Les pleurs de l'enfant firent frissonner Sleek. Il avait déjà entendu les sanglots d'un bébé, mais ceux-là étaient totalement différents. C'était comme un appel au secours.

Il gronda de rage et se jeta à nouveau sur les monstres. Il n'en restait plus que deux en état de se battre, l'autre se vidait de son sang, près de la porte.

Sleek se retrouva coincé entre les deux traqueurs. Quand il essaya de se dégager, le premier le bloqua et l'autre tenta de le mordre. Il n'arriva pas à sortir de cet étau qui se resserrait de plus en plus sur lui. Cela faisait un petit moment qu'il se battait et il commençait sérieusement à être épuisé. Peu importe les techniques utilisées, il n'arrivait pas à sortir de là. Il aperçut les pattes d'une des bêtes faiblir. Il hasarda une feinte et se jeta sur la droite de l'adversaire, qui lui faisait face. Celui-ci se précipita sur Sleek et au moment où le traqueur allait lui asséner un coup de dent, il s'arrêta dans son élan puis changea de direction. La créature n'ayant pas anticipé la ruse s'écroula violemment sur la table en bois, dans un terrible craquement. Le cri qui s'échappa de sa gorge aurait fait fuir tous les animaux du pays. Quand Sleek se retourna pour faire face à son adversaire, il vit le corps inerte du traqueur, qui reprenait doucement sa forme humaine. La peau noirâtre se dissipa et ses longues griffes se rétractèrent lentement. Un des pieds de la table le transperçait.

En grondant bruyamment, il fixa le dernier traqueur. Contrairement à toutes les autres créatures du bâtiment, celui-ci connaissait l'art du combat. Sleek avait évité jusqu'à maintenant les dents aiguisées de ces bestioles. Mais ses forces l'abandonnaient peu à peu, il craignait de ne pas arriver à le tuer. Subitement, le traqueur ricana.

— Tu crois vraiment pouvoir me tuer, le loup ?

— Oui. Tu vas finir comme les deux autres ! Je t'en fais la promesse, tu n'auras pas trop le temps de souffrir !

— Sache que si tu me tues, tu condamneras aussi la petite Warlock…

— Quoi ? Comment ça ?

— Je vais essayer d'expliquer ça à l'être inférieur que tu es. Tu vois les deux cathéters sur sa main droite ? Ils lui distribuent mon venin depuis ton arrivée !

— Elle est immunisée ! Elle possède le sang d'Azael !

— En effet, mais nous lui avons retiré une petite quantité de son sang chaque jour, depuis un moment maintenant. Comme tu as pu le remarquer, elle est encore petite et très affaiblie, ce qui fait que son pouvoir est quasi nul. En conséquence, si tu veux la sauver… je suis le seul à pouvoir arrêter ça.

— Espèce de salopard !

Ne supportant pas ses propos, il bondit sur le traqueur. Celui-ci ne s'attendant pas à une telle rapidité ne réussit pas à esquiver son attaque. Il s'était jeté à la gorge de son adversaire et referma sa mâchoire de toutes ses forces. Quand le traqueur s'écroula au sol, il recracha le lambeau de chair. Son nez était couvert du sang du traqueur et les effluves de ce dernier lui confirmaient son décès. Une flaque noire courait sur le sol.

Sleek émit un grondement quand ses pattes furent en contact avec la substance chaude et noire de cette bête. Mais les sanglots et les cris du bébé le ramenèrent rapidement à la réalité. Il fallait encore arrêter la transfusion du venin avant qu'Amy ne se transforme.

N'étant pas médecin et ne savait pas comment enlever les cathéters. Il se dirigea vers les deux tuyaux et les sectionna d'un coup de dents. Il retira tous les autres de la même manière. Enfin, il reprit forme humaine et souleva tendrement la petite, dont les pleurs cessèrent immédiatement. Quand il posa les yeux sur elle, elle lui sourit faiblement.

— Toi, alors ! Tu es vraiment mignonne ! Et qu'est-ce que tu ressembles à ta maman ! Allez, ma petite, je t'emmène loin d'ici. Il y a tes parents qui t'attendent avec impatience ! Mais avant il faut qu'on récupère deux amis. Tu verras, il y en a un qui a un humour un peu lourd. Il s'appelle Feargus. L'autre, un peu brut de décoffrage, c'est Cooper. Ils sont très gentils ! Allez, petite choupette, tiens le coup !

Mais avant d'avoir fait un pas, il entendit une voix s'élever.

— Comment ça des blagues lourdes ?

— Feargus ! Je suis content de voir que tu n'as rien ! Et Cooper où est-il ?

— Bah, il se repose dehors… avec son rhum ! Je dois t'avouer que je ne pensais pas un seul instant que le combat serait aussi simple ! À croire que Vérislav a envoyé tous ses traqueurs les plus nuls, ici ! C'est elle la p'tite ? Elle est vachement craquante ! Mais elle a l'air salement amochée… On est à des heures de bagnoles des hôpitaux, je ne suis pas sûr qu'elle arrive au bout. Elle a besoin d'un docteur et maintenant !

— Oui, je sais ! On ne peut pas encore l'emmener à ses parents. Nous ne savons pas quel loup a orchestré ce coup. Et si nous la transportons, elle mourra. Je connais Peter, c'est un ami de Adam, il habite à Prankston. Il est médecin et ce n'est pas très loin d'ici ! C'est le seul endroit où elle sera en sécurité. Je resterai avec elle. Pendant ce temps, il faut que vous continuiez les recherches avec les filles. J'ai encore un grand besoin de vous tous. Vous acceptez ?

— Bien sûr ! Tu sais bien que plus il y a de danger, plus je m'amuse !

— Merci beaucoup ! Par contre, si vous croisez Adam ou Carrie, avant d'avoir découvert le commanditaire, dites-leur simplement que leur fille est en vie et en sécurité. Personne ne doit savoir où elle se trouve.

— Je t'en fais la promesse *òigear*[4] ! Ton secret sera gardé. J'espère vraiment que tu la sauveras. Tiens ! Prends les clés de la voiture. Cooper et moi on rentrera avec les jumelles. Sauf si bien sûr, elles nous laissent sur le bord de la route ! Allez, partez vite ! Je t'appellerai quand nous aurons trouvé le tueur.

— Merci, Feargus !

---

[4] *òigear* : jeune homme en Gaélique écossais. Sinon òganach peut-être aussi utilisé.

— Non, merci à toi ! Ça fait un bail que je n'ai pas pu me défouler autant ! C'était vraiment cool ! Tu es un chic type… finalement !

Tout en souriant, les deux loups se serrèrent la main et Sleek disparut rapidement.

Arrivés à la voiture, il emmitoufla Amy dans sa veste. Il la tint contre lui et lui porta à la bouche sa bouteille d'eau, en espérant qu'elle accepte. Heureusement pour lui, la petite était affamée et s'empressa de boire pensant que c'était du lait. Même si elle repoussa rapidement la bouteille avec le bout de sa langue, Sleek fut soulagé qu'elle ait bu un peu. Il cala Amy à l'arrière, toujours enveloppée dans sa veste, il l'attacha avec la ceinture de sécurité. Sleek roula pendant un moment pour enfin arriver à Prankston en début de soirée. Il frappa à la porte de Peter et quand celui-ci l'aperçut, il eut un hoquet de surprise.

— Sleek ? Qu'est-ce que tu viens faire ici ?

— Peter ! J'ai vraiment besoin de toi. Personne ne doit savoir que je suis là. Ça relève de la sécurité de cet enfant, de la mienne et de la tienne. Promets-moi que personne, pas même Adam ne sera au courant.

— Eh bien… pour que tu viennes ici à cette heure, c'est que tu dois avoir un sérieux problème. Allez, entrez vite !

Une fois à l'intérieur, Sleek ôta sa veste d'Amy. Pendant ce temps, Peter fit chauffer de l'eau. En revenant, il s'aperçut de l'état de la petite.

— Mince ! Sleek depuis quand cette gosse n'a pas mangé et bu ? Et ces cathéters, ils viennent d'où ? Elle devrait être à l'hôpital à l'heure qu'il est !

— Justement, je ne peux pas l'emmener ! Je ne peux rien te dire. Tu peux la soigner ? Elle est extrêmement importante !

— Tu es son père ?

— Quoi ? Non, pas du tout.

— À qui appartient cette petite ? Tu l'as kidnappée ?

— Disons qu'elle appartient à quelqu'un de spécial. Et non, je viens juste de la sauver… enfin j'espère.

— Je vais voir ce que je peux faire… mais si d'ici deux jours son état s'aggrave, je te promets que je l'emmène à l'hôpital ! Même s'il faut que je me batte avec un foutu loup pour la sauver, je le ferai. Est-ce que c'est clair ?

— Entendu. Merci beaucoup…

— Remercie-moi quand elle sera sur pied !

Peter avait pris sa retraite depuis quelques mois, mais continuait d'assurer le suivi de quelques patients hospitalisés à domicile. Ce qui faisait qu'il disposait du matériel nécessaire pour soigner Amy en toute discrétion.

Sleek passa la nuit au côté du bébé et finit même par s'endormir assis dans le fauteuil, la tête posée sur le lit. Pendant le trajet, il s'était promis de la protéger, peu importe les conditions. Il le ferait. Ce n'était pas uniquement pour Carrie, ni pour Adam, ni pour lui. Mais pour elle. Amy avait un pouvoir d'attraction assez impressionnant. Ce qui l'avait frappé quand il avait posé les yeux sur elle la première fois, c'était cette force de vivre. Malgré sa douleur, sa faim et sa fatigue, elle avait souri. Sûrement pour se rassurer, s'était-il dit, mais au fond de lui, il savait que c'était pour le rassurer lui. La première personne de ce genre, que Sleek avait rencontrée, c'était Carrie. Il ne pensait vraiment pas qu'Amy aurait cette même force en elle. Cela devait venir du sang qui coulait en elle, mais là encore, il n'y croyait pas vraiment.

Les jours suivants, l'état de la petite s'était grandement amélioré et Sleek s'entichait de plus en plus de cette gosse. Elle l'adorait. Elle n'hésitait pas à lui montrer en lui tendant les bras à longueur de journée, avec de grands sourires. Quand celui-ci ne répondait pas assez vite ou qu'il ne l'avait pas vue, elle lançait de joyeux petits cris pour attirer son attention. Forcément, Sleek arrivait en courant et faisait tout ce qu'elle voulait.

Mais, il sentait une présence malveillante les surveiller, il était constamment sur ses gardes. Le danger rôdait autour d'eux.

CHAPITRE 14

Carrie

Une fois à l'extérieur du bâtiment, je m'empressai de prendre un taxi. Je ne voulais surtout pas me retrouver avec Skelton. Mais, cet homme était aussi rapide qu'un guépard. À l'instant même où je hélai le taxi, il surgit et se posta devant moi, avec son sourire narquois. Je fis mine de rien et ouvris la portière. Il la referma d'un coup sec.

— Je peux savoir ce qui vous fichez ?

— Voyons très chère, vous ne pensez pas que nous devrions faire la route ensemble ?

— Non, je ne le pense pas ! Et pourquoi soudainement vous devenez sympathique ?

— Eh bien, votre histoire m'attriste profondément, vous savez...

Je hoquetai de surprise. Je ne m'étais pas attendue à une telle réponse, surtout venant de lui.

— Comment ça ? Et depuis quand avez-vous un cœur ?

— Je vous raconterai toute l'histoire si vous venez avec moi. Ce n'est pas quelque chose dont j'ai envie de parler à l'extérieur, en plein milieu du trottoir.

J'hésitai un instant quand il rouvrit la porte du véhicule et me poussa légèrement à l'intérieur. Après tout, peut-être qu'il avait vécu quelque chose d'atroce et en reparler le mettait mal à l'aise. Sans aucune autre manière, je m'installai sur la banquette arrière.

Au même moment, la sonnerie de son téléphone retentit. Il gronda et claqua la porte. Je ne compris pas ce qu'il disait, mais vu les gestes qu'il effectuait, je compris rapidement que quelque chose n'allait pas. Perdue dans mes pensées, je n'entendis pas tout de suite le chauffeur de taxi me demander si nous devions partir. Lorsqu'il m'interpella une nouvelle fois, je lui indiquai d'attendre encore un peu. Cette fois, il me répondit sèchement que nous n'étions pas ses seuls clients et que si nous le faisions encore attendre, il nous mettrait dehors. J'essayai tant bien que mal de le faire patienter, à coup de questions-réponses. Après dix minutes de ce petit manège, la porte s'ouvrit et Skelton entra, visiblement furieux. Ses traits tirés et ses yeux d'un brun doré m'avertirent que son côté animal était plus proche qu'il n'en avait l'air. Heureusement pour nous, le chauffeur n'avait rien remarqué et démarra rapidement.

Malgré le rugissement de la musique et du grésillement incessant des enceintes, il régnait un silence de plomb à l'arrière du taxi. Je glissai un rapide coup d'œil sur Swayn et je conclus qu'il n'était toujours pas calmé. Il fallait que je détende l'atmosphère rapidement, car nous avions encore un vol à effectuer et il était hors de question qu'il monte dans cet état.

— Skelton ? Vous voulez en parler ?

— Pas maintenant !

— Bien… mais je ne pense pas que ce soit sage de garder tout ça, sachant que nous avons encore de la route à faire et un vol. Vous n'êtes pas en état de prendre l'avion. Votre loup est trop proche et les gouttes de sueur qui coulent le long de votre visage, ne font que confirmer mes dires. Alors, je vous avoue que je n'ai pas très envie de vous faire la conversation, mais je ne souhaite pas que le monde apprenne notre existence et encore moins dans un bain de sang. Faites un effort Swayn !

— Grrr… c'est juste le travail. Il y a un problème.

— De quel genre ?

— Une mission foutue en l'air par une bande d'abrutis !

— On n'est jamais mieux servi que par soi-même !

— Justement ! Je compte bien m'en occuper en arrivant !

— Écoutez… si vous avez un problème, je pense que je pourrais me passer de vos services. Adam a peut-être obligé chaque Alpha à participer aux recherches, mais c'est moi qui dirige le groupe du Massachusetts. En tant que telle, je vous autorise à ne pas y prendre part.

— D'accord. Je saurai m'en souvenir. Merci.

Malgré son ton sec, je le sentis légèrement plus détendu.

Je me souvins de ce qu'il m'avait dit juste avant d'entrer dans le taxi.

— Au fait, Skelton, vous deviez me parler, non ?

— Ah oui ! Vous ne perdez pas le nord, vous !

Il se gratta le menton, observa les buildings défiler par la fenêtre quelques instants puis me dit d'une voix lointaine :

— Mes parents étaient tous deux des hommes-loups et n'appréciaient pas les êtres humains à cause des tueries qu'ils y avaient eues par le passé. Je vous parle bien sûr d'une époque où mes parents n'étaient pas nés et où nous vivions en parfaite harmonie avec l'homme, dans ce monde. Des années très lointaines où les hommes-loups n'avaient pas à se cacher. Les humains connaissaient notre secret et acceptaient nos différences. Jusqu'au jour Rouge, ce jour où une guerre entre les humains et les hommes-loups a éclaté.

Disons que la version retenue dans les contes et les légendes des humains, sont les histoires des loups-garous et de la bête du Gévaudan. Quant à nous, il se murmure qu'un loup serait capable de décupler ses capacités et de se transformer en une véritable bête, on le surnomme l'Exécuteur, une créature légendaire ne répondant qu'aux ordres d'un Azael ou d'un puissant Alpha. Mais aucun de nous n'a réellement vu cette chose. En vérité, c'est la faute des traqueurs ! Les mêmes qui ont apporté leur lot de maladies et qui ont semé le changement parmi les nôtres. Tout ce qui s'est passé ce jour-là, c'est à cause d'eux. Ils ont commencé à transformer tous les loups qu'ils pouvaient, ensuite ils s'en sont pris aux humains. Les hommes ont vite fait le rapprochement entre nous et ces créatures, et se sont mis en tête de nous massacrer, comme les traqueurs avaient massacré les leurs. C'est grâce à votre arrière-grand-père, qui réussit à stopper la mort et les transformations, que nous sommes encore en vie. Mais pour notre sécurité, il nous a ordonné de cacher notre secret et de ne jamais le révéler aux humains, sauf s'ils se liaient.

Mon ancêtre s'est battu contre les traqueurs et a fini, transformé. De génération en génération, ma famille transmet ce souvenir de cette guerre. Elle ne parle pas seulement du changement, comme vous pouvez le voir. Non, elle parle de notre histoire, brisée par des traîtres ! Et je n'aime pas les Azael, ni votre mari, car vos familles comme beaucoup d'autres ont pardonné aux humains leurs tueries. Mais ce qui me révolte encore plus, c'est cette pitié pour les traqueurs ! Certains savent où ils se cachent et pourtant nous les laissons en vie. Le chef du Cercle n'intervient que quand l'un d'eux commet un acte ou qu'ils essaient de franchir les limites des territoires qui leur sont attribués. Et vous savez pourquoi ? Parce que soi-disant, au fond, ils sont comme nous ! Ah ! Ah ! Non, mais sérieusement ? Vous les avez vus ? Vous trouvez qu'ils nous ressemblent ? Il faudrait un chef de meute prêt à mener de front cette bataille et à faire disparaître de cette terre ces immondes créatures.

— Skelton… ça va vous paraître fou, mais je vous comprends totalement. En revanche, je n'ai pas dit que j'étais d'accord avec vous. Ce que vous dites est une des pires histoires que j'ai entendue de toute ma vie. Pourtant, je suis entièrement le raisonnement d'Adam et de mes ancêtres. Ceux qui sont enfermés dans ce territoire n'ont rien demandé ! Pourquoi essayer de les tuer ? C'est complètement irrationnel.

— Vous pensez vraiment qu'ils n'ont rien fait… Votre fille disparue est retenue captive chez eux et leur sert de rat de laboratoire, ce n'est rien ? Ce n'est pas un crime pour vous ?

— Bien sûr que si ! Mais seuls les véritables coupables seront jugés. Sachez que jamais une famille ne sera exécutée sur votre simple bon vouloir. Traqueurs, humains ou hommes-loups.

— Je crois malheureusement que notre charmante conversation s'arrêtera, ici. Au moins, Carrie, maintenant vous comprenez pourquoi je déteste autant les traqueurs et votre mari…

CHAPITRE 15

Sleek

Cela faisait maintenant une semaine qu'Amy et Sleek vivaient chez Peter. Ce matin-là, il était parti en consultation, quand Sleek entendit un bruit sourd monter de la cuisine. Son odorat lui indiqua qu'un traqueur se trouvait dans la maison. La petite n'avait rien entendu et continuait de jouer tranquillement avec une petite peluche. Il la saisit rapidement et l'installa dans la baignoire. Amy rigola quand Sleek l'assit dedans. Elle adorait prendre le bain quand il la surveillait, car elle pouvait l'éclabousser autant qu'elle voulait. Sleek enleva rapidement les bouteilles qui trainaient sur le bord et serra au maximum la robinetterie. C'était une très vieille baignoire sur pieds et très profonde, ce qui éviterait que la petite ne s'enfuie. Pour empêcher qu'elle ne s'ouvre le crâne en tombant, il revint rapidement avec deux gros coussins qu'il glissa sous ses fesses. Il lui donna sa peluche et deux, trois jouets pris au vol. Amy le regarda, surprise de voir que son bain se transformait en une nouvelle salle de jeu. Il lui fit un rapide baiser sur le front, lui demandant de rester ici sans faire de bruit et lui promit de revenir la chercher.

Il referma la porte et se transforma. Ses sens étaient à leur apogée quand il se changeait et son odorat détectait à présent deux traqueurs. Il était hors de question que ces fichues bestioles s'en prennent encore à elle.

Il descendit discrètement dans la cuisine, mais ne vit rien. Pourtant ses sens ne trompaient pas, il y avait bien quelqu'un. Le rideau bougea légèrement et d'instinct, il se jeta dessus. Il comprit tardivement qu'il venait de se faire avoir et n'eut pas le temps d'esquiver la première attaque. Sa tête percuta violemment la porte du frigo et en une fraction de seconde deux traqueurs se ruèrent sur lui. Il les connaissait, c'était Vérislav et son bras droit. Pour que le chef des traqueurs se donne la peine d'intervenir en personne, c'est qu'il voulait vraiment le bébé. Mais, c'était mal connaitre Sleek qui grogna rageusement.

— Sleek ! Donne-nous l'enfant et nous t'épargnerons.

— Jamais de la vie ! Je préfère mourir que de vous laisser Amy !

— Tu ne sais pas à quel point elle nous est essentielle ! Grâce à son sang, nous pourrons retrouver notre apparence et nous pourrons mettre fin à la guerre entre nos deux peuples !

— C'est faux ! Vous ne pourrez plus jamais retrouver votre apparence de loup ! Ce ne sont que des mensonges. Partez d'ici !

— Nous avons vu les pouvoirs de Carrie, lors de l'épidémie. Je sais que ses capacités sont limitées, car elle possède plus de sang humain. Mais, cette petite a le sang des Azael et des Warlock. Elle est bien plus forte que ses deux parents réunis. S'il te plaît, Sleek, laisse-la nous.

— Non… je ne vous laisserai pas faire du mal à un enfant et encore moins celui de mon amie. Alors je le répéterai une dernière fois, partez d'ici avant que je ne vous tue.

— Si tu nous tues, tu devras affronter bien pire que les traqueurs. Alors, soit gentil, fais le bon chien-chien, et amène-nous la fille.

— Ah oui, vraiment ? Pire que vous ça existe ? Qui est-ce ?

— L'un des tiens.

— Qui ?

— Je ne sais pas. Je l'ai toujours vu sous sa forme de loup. Depuis la mort de Bran, il opère dans votre dos et vous fait tourner en rond. Vous ne pourrez pas remonter jusqu'à lui, il vous tuera avant d'avoir fait un pas de plus.

— Toi aussi, il t'a eu ! Il vous a fait participer au meurtre de Bran en vous faisant passer pour les coupables ! Ensuite, il vous a appâté avec cette gosse. Et toi, tu l'as suivi en te soumettant à tous ses ordres.

— Ah ! Je vois. Tu crois vraiment que j'ai fait ça sans arrière-pensée ? Tu te trompes. Le meurtre de Bran est l'une de mes meilleures mises en scène. J'ai tout fait pour que sa mort soit la plus intelligente et la plus horrible possible. Mais ton Alpha a eu raison sur un point… une attaque de front aussi sanglante ne pouvait être réalisée par aucun traqueur, car oui, nous craignions Bran. Si nous l'avions tué, je n'aurais pas pris autant de risques. Malgré toutes les preuves qui menaient sans cesse à mon peuple, j'ai tout fait pour laisser planer une ombre. Et cette ombre, c'est la trahison. Adam a rapidement compris que c'était un loup qu'il fallait flairer et non un traqueur. La seule chose pour laquelle j'ai accepté le marché, c'est pour obtenir ce bébé. Mes traqueurs vous ont sentis à New York, lorsque vous vous êtes infiltrés chez nous. Je leur ai simplement demandé de vous laisser en vie et de vous mettre sur la piste de l'enfant. Te connaissant, Sleek, je savais que tu remonterais jusqu'à l'entrepôt et que tu la récupérerais. Pour que l'enfant m'appartienne et pour faire pression sur lui, j'ai donc assigné les traqueurs les plus incompétents pour protéger l'endroit. La suite tu la connais, vous les avez facilement tués et tu l'as sauvéé. J'ai simplement mis un peu de temps à te trouver, car tu maîtrises l'art de l'évasion et de la furtivité. Mais aujourd'hui, je reprends mon bien et ma véritable place !

— Alors c'était un coup monté ! Depuis le début, toutes les preuves que l'on récoltait, c'était toi !

— Non, pas toutes. Seulement celle de l'enfant. Concernant le loup, je n'ai aucune information…

— Espèce de lâche ! Tu ne pouvais pas faire le boulot toi-même ! Je ne te laisserai pas Amy !

— Très bien dans ce cas… Kurt ? À toi de jouer. Ne me déçois pas.

— Bien, chef !

Sleek détourna le regard et s'attarda sur le bras droit de Vérislav. Ce dernier se transforma et Sleek comprit qu'il n'avait rien à voir avec ceux qu'il avait affrontés dans l'entrepôt. La taille et le gabarit de la créature étaient impressionnants, mais ce qui l'était encore plus c'était les nombreuses cicatrices qui cisaillaient son corps. Il avait sûrement dû combattre des centaines de fois et ses yeux d'un rouge sang, lui confirmait que la mort l'habitait depuis bien longtemps.

— Kurt … quand tu en auras fini avec lui, récupère la petite, il ne faut pas que je porte son odeur. Ensuite, rentre directement. Ne le lui laisse pas le loisir de se transformer, je ne veux pas de lui dans mes rangs.

Vérislav se détourna et se dirigea vers la porte d'entrée. Sleek bondit vers lui, mais avant même d'avoir pu le toucher, il fut à nouveau éjecté contre la porte du frigo, qui plia sous la violence du coup.

Malgré le choc, Sleek se releva sans peine. Il s'élança sur son adversaire qui esquiva avec agilité. Kurt en profita pour l'empoigner et le mordit à l'épaule. Dans un gémissement terrible, Sleek s'écroula au sol. Sa peau le brûlait. Lentement le venin s'infiltrait dans ses veines. Il savait que son temps était compté et que s'il ne parvenait pas à tuer son adversaire, au mieux il mourrait rapidement, au pire il ressemblerait à Kurt d'ici peu.

Il se releva péniblement en grimaçant de douleur.

Mais à peine était-il sur pied, que le traqueur se rua sur lui. Sleek eut simplement le temps de rouler sur le côté pour l'éviter. Il essaya de reprendre l'avantage en le mordant au mollet. Avant même que ce dernier ne puisse le toucher, Kurt devina l'attaque et enfonça ses griffes dans l'épaule ensanglantée du loup.

Il hurla de douleur. Kurt le tenait fermement à terre. Les oreilles de Sleek bourdonnaient, sa vue commençait à se brouiller. Son sang bouillonnait. Il avait mal. Mais le sourire sadique et machiavélique de son rival le fit malgré tout se remettre sur ses pattes. Il était le seul rempart entre Amy et cette chose. Kurt sentit que Sleek était à bout de forces. Il le laissa agonisant et monta.

Dans un dernier effort, Sleek s'élança sur le traqueur qui lui tournait le dos. Il ouvrit la gueule et dans un grognement, lui arracha la main gauche. Le traqueur lança un cri strident et du sang noir gicla dans les escaliers.

Kurt se servit de sa main droite qui lui restait et le balança à travers la pièce. Sleek termina sa course contre le mur, à côté de la porte d'entrée. Le pauvre loup évanoui ne put rien faire quand les griffes du traqueur pénétrèrent son abdomen. Le goût chaud et ferreux du sang lui monta à la bouche. Cette fois, c'était fini. Son souffle ralentissait, sa vue n'était que noirceur, son ouïe, qui était pourtant très fine, ne distinguait plus rien. La seule chose qu'il percevait, c'était cette respiration rauque. Le froid et la peur l'envahirent. Il avait peur pour Amy. Il lui avait promis de revenir et de la protéger. Qui allait bien pouvoir la sauver maintenant ?

Soudain un cri lui parvint et tout son corps se mit à trembler. Il ouvrit ses yeux embués et eut à peine le temps de voir Kurt tenant Amy par les cheveux, franchir le seuil de la maison.

Quelque chose en lui se passa, une force et une rage incontrôlable le submergèrent. Il se releva et cracha le sang qu'il avait dans la bouche. Un grondement sortit du plus profond de ses entrailles et il se rua à l'extérieur.

Kurt ouvrit la porte de la grosse berline grise, mais avant même de pouvoir s'installer, Sleek bondit sur lui. En une fraction de seconde, il lui arracha la tête. Le corps inerte du traqueur s'écroula dans un bruit sourd. Vérislav, qui se tenait au volant, démarra au quart de tour. Laissant Amy et son bras droit à terre. La petite continuait de pleurer, ses minuscules cheveux étaient entortillés dans les griffes de Kurt.

Sleek retira doucement la chevelure du bébé et la serra contre lui. Il rentra rapidement à l'intérieur et mit la petite dans la baignoire. Avant de pouvoir s'occuper de ses blessures en profondeur, Sleek devait avant tout se débarrasser du corps. Il banda rapidement ses blessures et s'occupa de Kurt.

Prankston possédait, tout comme Analheime, une riche forêt. Sleek creusa un trou assez profond et jeta le traqueur à l'intérieur.

Quand il revint chez Peter, ce dernier venait tout juste de rentrer.

— Sleek ! Nom de Dieu ! Qu'est-ce qui s'est passé ici ! Où est Amy ? C'est quoi ce truc noir dégoulinant et d'une puanteur atroce ? Et ce sang ! Il est à qui ? Et mon frigo… Tu as vu mon frigo !

Peter était tellement choqué et en colère qu'il ne remarqua même pas les traces de sang que Sleek avait.

— Ce sont les traqueurs. Ils sont venus tout à l'heure et ont essayé d'enlever Amy, mais je les ai empêchés. Je suis désolé pour ton frigo, je te promets de te le rembourser. Par contre avant, tu peux m'aider ?

— Non ! Je n'aide plus personne de ton espèce ! Ça suffit, j'en ai marre !

— Peter… s'il te plaît…

Sleek n'eut pas le temps de finir sa phrase qu'il s'effondra au sol. Peter le monta dans la chambre et examina ses blessures. Elles étaient profondes. Le pauvre loup se tordait de douleur. Mais il devrait affronter bien pire si le sérum que Carrie avait fabriqué ne lui était pas administré dans les prochains jours.

CHAPITRE 16

Adam

Pendant ce temps dans le Nebraska, Adam organisait les recherches. Plusieurs jours s'étaient écoulés depuis son retour d'Analheime. Son épaule avait déjà guéri. Même si de temps en temps, la douleur refaisait surface, elle était surtout psychologique. Il se doutait bien que Carrie n'apprécierait pas son retour inopiné, mais il ne pensait pas qu'elle l'attaquerait physiquement. D'ailleurs, elle ne s'en était même pas rendu compte.

Il venait tout juste de terminer la répartition des tâches entre les différents Alpha, qu'Andrew apparut, sortant de la forêt. Adam s'approcha de son cousin et fronça les sourcils.

— Tu as des nouvelles de Sleek ?

— Non, malheureusement, il est introuvable… Garry a interrogé les loups qui étaient avec lui. Ils ne savent pas où il est. La dernière fois qu'ils l'ont vu, c'était lors d'une mission d'infiltration d'un entrepôt. Depuis, plus rien. Mais ne t'inquiète pas, on va le retrouver !

— Andrew, il ne peut pas avoir disparu dans la nature aussi facilement ! Je lui faisais entièrement confiance… Comment a-t-il pu me trahir ? Ma fille a disparu ! Je suis au bord du divorce ! Et pour couronner le tout, un de mes loups les mieux renseignés sur cette affaire s'est volatilisé ! Tu peux comprendre que je ne sois pas très réceptif.

Andrew courba l'échine et poussa un léger couinement. Adam n'imposait que très rarement sa suprématie et quand il le faisait, tous les loups abdiquaient.

— Que veux-tu que je fasse maintenant ?

— Toi, tu vas t'occuper de retrouver ma fille avec les meutes du Nebraska. Pendant ce temps, je réglerai personnellement le problème Sleek. S'il a disparu, c'est qu'il a dû se passer quelque chose et je trouverai ce que c'est. En attendant, je compte sur toi ! Ne me déçois pas.

Andrew inclina la tête et Adam partit dans la foulée. Il prit le premier avion pour New York et atterrit en début d'après-midi à l'aéroport JFK. Garry savait que ses loups cachaient la vérité, les deux hommes refusaient de communiquer les données qu'ils avaient glanées aux périls de leur vie. Feargus avait simplement expliqué que Sleek, avant de partir, leur fit promettre de continuer les recherches et de ne divulguer aucune information le concernant. Garry gardait toute sa confiance en eux, mais il allait devoir sacrément argumenter, car Adam n'était pas en état de supporter une telle conversation. Grâce aux très rares révélations que les deux membres de sa meute lui avaient octroyées, Garry était persuadé qu'ils disaient la vérité. Il savait seulement que Sleek n'était pas un traître et que sa mission avait dû changer en cours de route, lorsqu'ils avaient trouvé des preuves mettant en cause un des Alpha. Il accepta que les deux loups continuent de remonter la piste du tueur et travailla en parallèle sur les renseignements récoltés.

Tout en soupirant, sa secrétaire, frappa à la porte.

— Oui, entrez.

— Monsieur Hadrick, votre rendez-vous vient d'arriver.

— Bien… je vous remercie ! Faites-le entrer.

À peine venait-il de franchir le seuil que Garry ne put s'empêcher d'incliner la tête et de courber l'échine. Oui, tout ça confirmait bien ses craintes, Adam était fou de rage et avait sérieusement du mal à se contenir.

— Épargne-moi les courbettes ! Et va droit au but ! Je te signale que j'ai dû quitter le Nebraska en urgence et ne pas participer aux recherches de ma fille. Tout ça parce que tu n'as pas été foutu de surveiller tes loups et que l'un d'entre eux a même réussi à disparaître du radar ! Donc, dans ton intérêt, je donnerai toutes les informations si j'étais toi.

— D'accord. Assieds-toi.

— Je viens de faire un vol de six heures ! Je n'ai pas vraiment envie de m'assoir là. Je veux des réponses et maintenant.

— Tu as oublié les bonnes manières, on dirait ?

— Je ne suis pas d'humeur à rigoler !

— Adam, je ne voulais pas te provoquer. Simplement, il faut que nous discutions. Mes loups m'ont fourni quelques renseignements troublants. Concernant Sleek, je ne crois pas que ce soit un traître.

Adam tenta de se calmer et accepta finalement de s'assoir. De toute manière, ça ne le conduirait à rien de se comporter ainsi.

— Je t'écoute. Mais sois bref et concis.

— Bien sûr. Je vais essayer de te résumer la situation le plus rapidement possible. Sleek, aidé de Feargus et Cooper, ont réussi à remonter la piste des traqueurs, ils ont découvert qu'ils avaient besoin d'un enfant, que l'on suppose être ta fille, pour pouvoir revenir à « la vie ». Maintenant, lors d'une conversation, ils agiraient sur ordre d'une personne qu'il surnomme « l'homme de l'ombre ». Apparemment ce dernier serait celui qui a organisé le meurtre de Bran et l'enlèvement de ta fille. D'après des indices, ce serait un Alpha. Mes loups pensent que cet homme a engagé les traqueurs et que ces derniers ont retourné son plan contre lui. À ce jour, il ne serait pas loin d'être découvert. Les pièces du puzzle commencent à s'assembler. J'ai moi-même fait des recherches et en croisant leurs données et les miennes, nous pensons pouvoir obtenir son identité d'ici peu. Mais à ce jeu maudit, il reste encore deux points essentiels non résolus. Pourquoi avoir fait ça et où est l'enfant ? Même si sur ce dernier point, je pense avoir la réponse.

Je vais être honnête, je n'ai jamais vu aucun loup protéger un des siens avec autant d'acharnement. Cooper dit ne rien savoir sur la disparition de Sleek, et Feargus reste muet lorsque je prononce son nom. Ce n'est qu'une supposition, Adam, mais je crois que Sleek a retrouvé ta fille et qu'il se cache en attendant qu'on trouve le meurtrier. Ces deux nigauds continuent les recherches coûte que coûte, alors que Sleek s'est enfui. Je sais que ce n'est pas facile pour toi ni pour ta femme, mais laisse-nous finir, je t'en prie.

Adam écouta avec attention ce que lui dit Garry. Les arguments de l'Alpha tenaient la route et lui permirent même de voir Sleek sous un autre angle. Garry devait avoir raison, ce n'était pas dans l'intérêt de Sleek, de s'enfuir et de tout perdre alors qu'il venait tout juste de reprendre du crédit auprès des siens.

— Tes renseignements me paraissent crédibles. Dis à tes loups de continuer les investigations, mais qu'ils commencent à accélérer le pas. Par ailleurs, si ton raisonnement sur Sleek s'avère juste, demande-leur simplement si ma fille va bien. Carrie est folle d'inquiétude et n'arrive pas à se maîtriser. Elle m'a attaqué l'autre jour et ce n'était pas les dents d'un humain qui sont venues se loger dans mon épaule. Je ne sais pas encore comment elle a réussi à faire ça et d'ailleurs, elle n'en a même pas réellement conscience. Carrie ne s'est pas rendu compte que c'était elle qui venait de me blesser.

Garry vit l'inquiétude grandissante dans les yeux d'Adam et lui promit de tout mettre en œuvre pour boucler l'affaire.

CHAPITRE 17

Sleek

Deux jours après l'attaque, Sleek parla du vaccin à Peter. Lui expliquant que Carrie en possédait toujours à Analheime et qu'il suffisait d'une seule injection pour élimer le poison. Peter connaissait bien la meute et savait pertinemment où ce pauvre loup voulait en venir.

Peter devrait aller là-bas et prendre le sérum qui empêcherait la transformation de Sleek.

Ils montèrent un plan afin qu'il soit crédible auprès de Carrie, et Peter partit en début de matinée.

Arrivé sur place, il découvrit de nombreuses voitures. Peter comprit rapidement qu'il tombait assez mal, mais n'eut pas le choix que de sonner. La porte s'ouvrit sur Thuss. Le jeune loup, surpris par cette venue, resta figé quelques instants.

— Bonjour, Thuss ! J'aurais besoin de l'aide de Carrie, elle est ici ?

— Euh… oui, oui. Elle est là. Vas-y entre, je l'appelle. Carrie ! Il y a Peter pour toi !

Elle surgit du couloir rapidement et resta stupéfaite de le voir ici.

— Peter ? Qu'est-ce que tu fais là ?

— Carrie, je suis content de te voir. Je viens te trouver, car je n'ai plus de stock de vaccins contre la grippe et je dois en administrer un cet après-midi. Tu n'en aurais pas un pour me dépanner ?

— Je crois bien que oui. Viens avec moi, tu me diras ce qu'il te faut.

Elle le conduisit jusque dans la pièce médicale et ouvrit le petit frigo où étaient rangés les vaccins.

— Ceux pour la grippe sont sur ta droite, en haut.

— Je te remercie ! Et le reste c'est quoi ?

— Ce sont les vaccins pour les loups.

— Oh ! Je ne savais pas qu'il pouvait l'attraper.

— Ah non, ce n'est pas ce que tu crois. C'est un remède que j'ai mis au point, il permet aux loups blessés par les traqueurs d'éviter une transformation.

— Ah, d'accord. Bon je vais regarder ce que tu as et vérifier la composition. Mon client est très particulier. Je risque de mettre un bout de temps. Ça ne te dérange pas si je reste un peu ? Tu m'as l'air bien occupé.

— Oui, tu peux rester bien sûr. Si tu me cherches, je serai au salon.

Elle ne lui parla pas d'Amy par peur qu'il contacte Adam. Elle avait déjà assez de soucis et ne comptait pas en avoir davantage. Carrie resta froide et distante avec Peter, malgré le fait qu'il l'avait hébergée avec sa grand-mère quelques années auparavant. Il n'avait pas pour habitude de débarquer chez eux sans prévenir et quelque chose dans son attitude la dérangeait. Il avait l'air nerveux et stressé. Elle essaya de se convaincre que c'était son patient qui le mettait dans cet état, mais elle n'y croyait pas vraiment.

Dans la pièce, Peter s'empressa de prendre les deux vaccins et les glissa dans son sac isotherme. Cela ne lui prit que quelques minutes et il se dépêcha de filer.

Au moment de partir, il lança un rapide au revoir, sans même prendre le temps de faire ses adieux. Carrie regarda l'homme par la fenêtre démarrer sa voiture à toute allure. Il y avait un truc louche là-dessous. Elle n'eut pas le temps de s'attarder sur son cas, car Juno l'interpella. Il fallait continuer les recherches, et toutes pistes, bonnes ou mauvaises, étaient à prendre.

Une fois arrivé à Prankston, Peter se hâta de faire l'injection à Sleek. Le pauvre loup avait une température élevée et des vomissements abondants.

— Merci. Je te revaudrai ça.

— Tu ne me dois rien. Une fois toute cette histoire terminée, je veux que tu partes, c'est tout. Tu as fichu en l'air la moitié de ma maison, j'ai dû mentir et voler la femme de mon ami ! Je couvre tes histoires, on ne peut plus louches et pour couronner le tout, tu débarques avec un enfant qui ne t'appartient même pas. Tout ça, bien sûr, sans me dire la vérité ! Si j'arrive à éviter la prison avec tout ça sur le dos, rappelle-moi que je ne veux plus jamais te voir !

— Ok. Mais, en attendant… je te remercie.

— N'en parlons plus. Il faut vite que tu te remettes sur pied. La petite n'arrête pas de te réclamer et elle ne veut pas que ce soit moi qui m'en charge. Elle a même essayé de me mordre quand j'ai voulu l'empêcher de grimper sur ton lit !

— Ah pour ça ! Il n'y a pas de doute ! C'est bien la fille de sa maman.

— Tu ne veux toujours pas me dire à qui appartient cette petite ?

— Non. Il ne vaut mieux pas pour l'instant. Quand nous trouverons le coupable et que tout sera terminé, je te le dévoilerai. Pour le moment, c'est trop risqué.

— Risqué… hum, je dirais plutôt extrêmement dangereux ! De toute façon depuis que je vous côtoie, je n'ai plus la paix. Bon, il est vrai qu'en échange, j'ai de très précieux amis. Alors ça mérite bien quelques sacrifices… mais ça ne justifie en rien ton comportement.

Sleek sourit et hocha la tête. Peter faisait partie de ces humains qui protégeraient leur secret jusque dans la tombe. Il avait beau être ronchon, Sleek le connaissait depuis assez longtemps pour savoir qu'au fond, il était profondément soulagé de savoir qu'il irait mieux.

Il avait rencontré Peter, un jour où Adam ne put se rendre chez Bran pour le bilan financier mensuel. Sleek avait dû alors se déplacer à Analheime pour les récupérer. Adam lui avait donné rendez-vous chez Stevenson's. En entrant, il se souvint de l'accueil peu chaleureux des citoyens et ne fit guère attention aux nombreux regards suspicieux. Il avait rapidement repéré la table où se tenait Adam, ainsi que Peter. À cette époque, les deux hommes travaillaient ensemble à l'hôpital d'Analheime.

De ce dont il se souvenait, Peter connaissait déjà leur secret. Sleek subissait les ordres de Bran et venir ici ne lui convenait guère. Adam était du genre à mettre des bâtons dans les roues de tous ceux qui soutenaient Bran. À cette période, Sleek était du mauvais côté de la barrière. Lors de cette rencontre, Adam lui donna rapidement les documents sans même prendre le temps de savoir si ce dernier souhaitait se restaurer. C'est Peter qui intervint et qui obligea Sleek à prendre place avec eux. Il l'avait invité à déjeuner sachant pertinemment l'animosité respective qui séparait les deux loups. Depuis ce jour, Peter et lui avaient gardé contact.

Quelques jours plus tard, Sleek reçut un coup de téléphone de Feargus.

— Salut, mec ! Alors comment vous allez ?

— Feargus ! Comme je suis heureux de t'entendre ! Amy va beaucoup mieux ! Tu as du nouveau ?

— Ah ! Je suis content que tu dises ça ! Parce que la dernière fois où je l'ai vu, je pensais lui dire adieu. Eh oui… ça y est vieux, c'est fini. On le tient. Et c'est du lourd… parce qu'il travaille en équipe le gars !

— C'est qui ?

— Trop risqué par téléphone. Cooper et moi, on a prévenu Garry. Il a demandé à Adam et Carrie d'organiser une réunion à Analheime, aujourd'hui à quatorze heures. Par sécurité, ne viens pas tout de suite. Attends mon appel.

— Carrie est au courant pour Amy ?

— Absolument pas ! Je te l'ai dit. Ton secret sera gardé. Par sécurité, vu l'Alpha, il faut rester extrêmement prudent. Jusqu'à la fin.

— J'espère que ça se passera bien. Et que vous l'arrêterez !

— Si Adam ne le tue pas avant, il devrait finir au trou jusqu'à sa mort. J'espère qu'il lui fournira la plus crasseuse des cellules dans le Nebraska.

— Vous avez fait comment pour le trouver ?

— Ah, encore la magie de l'informatique. Mais pas seulement. Garry s'était aussi renseigné sur le proprio du hangar et il est arrivé à remonter assez loin, grâce à une vieille connaissance. En recroisant les données des jumelles et celles de Garry, nous l'avons retrouvé. Mais je t'avoue que je ne m'attendais pas à ça. D'ailleurs, il y en a un autre que je me ferais bien en arrivant à Analheime. Mais si je fais ça, je fous tout en l'air. Et je crois que je préférerais voir Adam le tuer d'un coup de dents.

— Parfait, alors à tout à l'heure !

En entendant Feargus rire, Sleek se détendit légèrement. Enfin, tout serait terminé ce soir. Il raccrocha et entendit un petit couinement. Il sourit à son tour et s'accroupit devant Amy qui trottinait à quatre pattes jusqu'à lui. Il avait oublié à quel point le développement des enfants hommes-loups était si fulgurant. Il la souleva tendrement dans ses bras et lui souffla : « Ça y est, choupette ! Tu vas retrouver tes parents. » Elle le regarda, interloquée par ses paroles, comme si elle essayait de comprendre ce qu'il lui disait. Il la serra contre lui et elle cala sa tête dans le creux de son épaule. Sleek était heureux que tout se termine, mais il avait un léger pincement. Cette gosse était une joie de vivre permanente et elle l'avait touché droit au cœur. Finalement, jouer au papa remplaçant ne l'avait pas dérangé. Au contraire !

CHAPITRE 18

Carrie

Mon téléphone sonna soudainement et je me précipitai dessus.

— Oui, allo ?

— C'est Garry. J'ai contacté Adam hier soir, il faut organiser une réunion aujourd'hui même, ici à Analheime.

— Pourquoi ? Tu as trouvé quelque chose ?

— Je ne peux rien te dire par téléphone. Adam leur a donné l'ordre dans la nuit de venir à quatorze heures. Je sais que c'est précipité, mais la seule chose que je peux te dire, c'est que tout est enfin terminé.

— Et ma fille, vous l'avez trouvée ? Elle va bien ? Elle est où ?

— Oui, mais je ne peux pas te dire où. C'est pour sa sécurité. Je ne peux dévoiler aucune information, Carrie. Il faut patienter encore un peu…

— Je m'en contenterai pour l'instant ! Merci pour ton aide, Garry !

— De rien. Et tout à l'heure, n'oublie pas de remercier Sleek !

— Pourquoi ?

— Tu verras. Bon je pars, j'arriverai sûrement vers treize heures trente, à tout à l'heure !

À peine avais-je raccroché que je m'effondrai en larmes sur le divan. Enfin tout serait terminé aujourd'hui. Les membres de la meute avaient écouté la conversation avec attention. Ils étaient tous aussi soulagés que moi. Avant toute chose il fallait surtout mettre en ordre la bibliothèque, qui était la seule pièce assez grande pour organiser un tel évènement.

Quelques heures plus tard, la maison accueillait tous les chefs de meute. Je les conduisis jusqu'à la bibliothèque en leur demandant de bien vouloir s'installer en attendant les derniers retardataires. À présent, il ne manquait que trois loups, Swayn, Garry et Adam. D'ailleurs, j'appréhendais un peu nos retrouvailles. La dernière fois, ça ne s'était pas forcément bien passé. Je n'eus pas le temps de réfléchir à tout ça, car Swayn arrivait déjà. Son regard dur et sa mauvaise humeur légendaire avaient refait surface. Il franchit la porte sans un mot et je ressentis quelque chose d'inhabituel. Son stress et son état de nervosité étaient palpables. Je trouvai ça bizarre venant de lui, qui avait l'habitude de se montrer supérieur aux autres.

D'un geste de la main, je lui indiquai de prendre place dans la bibliothèque en attendant Adam.

Un quart d'heure plus tard, Garry arriva, suivi d'Adam et Andrew sur ses talons. Je savais que ma fille n'était pas avec lui, mais je ne pus m'empêcher de dévaler les escaliers pour aller à sa rencontre.

— Garry ! Où est Amy ?

— Carrie… ne t'inquiète pas. Elle va bien et sera là d'ici deux heures. Mais je t'ai dit, je ne peux pas en dire plus.

— Je voulais simplement m'assurer que tout allait bien.

— Adam vient juste d'arriver, tu peux faire patienter les membres du clan en attendant ? Il faut que je lui parle.

J'acquiesçai après un bref regard vers mon mari, je rentrai rapidement. Il n'avait même pas daigné tourner la tête dans ma direction et semblait plus occupé à discuter avec Garry. J'essayai tant bien que mal de cacher mes états d'âme, mais au vu de la situation j'avais du mal à garder mon contrôle.

Dans un dernier souffle, j'entrai dans la bibliothèque. La disposition des tables formait un immense rectangle. Apparemment, une discussion animée battait son plein et personne ne remarqua mon entrée.

Je m'assis sans aucun commentaire près de l'entrée. À mes côtés, deux chaises se trouvaient en bout de table sur ma gauche, pour Adam et Andrew. En face de moi se trouvait la dernière chaise libre, gardée pour Garry.

Les éclats de voix se faisaient de plus en plus bruyants et je n'eus pas besoin de tendre l'oreille pour comprendre que les loups n'étaient pas ravis d'être ici. Adam les avait contactés personnellement et pour certains, la nuit fut écourtée.

Après plusieurs minutes, la porte de la bibliothèque s'ouvrit brutalement et Adam apparut. Il se tenait devant l'entrée et sans un mot il passa un regard sur chacun d'entre eux. Ses yeux noirs et un grondement m'avertirent qu'il était plus proche de son côté animal que celui de l'humain. Ses lèvres se retroussèrent et le grincement de ses dents me firent froid dans le dos. Un silence pesant régnait dans la pièce et pour la première fois de toute ma vie, je compris réellement ce qu'était le pouvoir de soumission. J'avais déjà vu Bran l'utiliser à plusieurs reprises, mais jamais à ce niveau. Tous les loups, têtes basses, attendaient dans un petit couinement qu'Adam veuille bien se calmer.

— Je vais être honnête avec vous. Le premier qui ose broncher se retrouvera emprisonné. Je ne suis déjà pas d'humeur et le suis encore moins depuis que je sais que le traitre est ici, dans cette pièce. Alors, asseyez-vous et fermez-la !

Tout le monde se regarda dans un silence de plomb et mon sang ne fit qu'un tour. Naturellement je me mis à grogner de rage. Je savais que celui qui avait assassiné Bran était aussi le kidnappeur de ma fille. J'essayai de me contrôler autant bien que mal, mais depuis la disparition d'Amy, je ne me maîtrisais plus du tout. Je commençai à gesticuler sur ma chaise et à regarder d'un œil mauvais tous les Alphas autour de la table. Garry, qui venait d'arriver, appuya son regard sur le mien, comme pour m'intimer de me calmer. Malheureusement pour lui j'étais déjà à un stade où il valait mieux baisser les yeux. Quant à Andrew, il se terra dans un coin de la pièce.

Au moment où je comptais répliquer, ma colère disparut instantanément. Désemparée, je me retournai vers Adam qui me chuchota de me détendre, en m'assurant qu'il maîtrisait la situation. Au fond de moi j'avais envie de lui hurler dessus, que non, je ne pouvais pas me détendre. Pourtant, malgré notre relation qui était au plus bas, il possédait toujours le pouvoir de m'apaiser. J'inspirai un grand coup et m'enfonçai dans ma chaise en lui signalant mon acceptation. Il reprit alors le cours de la réunion.

— Bien. Cela ne servira à rien d'essayer de s'échapper, toutes les issues sont bloquées et sécurisées. Si malgré tout, l'envie de partir venait au coupable, je connais cet endroit mieux que quiconque. Pour l'instant, je compte seulement le laisser pourrir dans une cellule, ce qui lui assurera une longue et douloureuse agonie. Mais s'il préfère, je peux le tuer immédiatement, ce qui, je le reconnais, me satisferait grandement, mais serait contraire à nos lois.

Un frisson parcourut l'assistance. Malgré son calme olympien, Adam était hors de lui. Je le connaissais tellement bien et savais que sous son air de grand chef qui se maîtrise, il n'était vraiment pas loin de la tuerie générale. Je lançai un regard anxieux vers Garry et constatai que lui aussi s'inquiétait de son état. Pour essayer de faire redescendre la pression, Garry prit la parole.

— Je crois qu'il est important de leur rappeler la situation, Adam, et d'expliquer à tous comment nous avons trouvé le traître.

— Tu as raison. Je te laisse retracer l'histoire, car tu es le plus à même d'entrer dans les détails.

— Merci. Tout d'abord, vous ne le saviez pas, Sleek a été engagé pour retrouver le meurtrier. Nous pensions au début que les traqueurs étaient derrière tout ça, c'est ce qui a mené Sleek jusqu'à New York. Mais nous nous sommes rapidement rendu compte que les traqueurs n'étaient en fait qu'un simple maillon de la chaîne. C'est d'ailleurs grâce à eux, si je puis le dire, que nous avons découvert qu'un Alpha était derrière tout ça. Ils le surnommaient « l'homme de l'ombre ». Très vite, il est apparu que l'enfant qui avait disparu était lié à cette affaire.

Notre ennemi avait toujours un coup d'avance. Il s'est avéré que les traqueurs ont rapidement retrouvé leur fourberie naturelle, ce qui nous a permis de reprendre la main en récupérant l'enfant.

Heureusement, ils n'ont pas réussi à se contenir et ont révélé à Sleek, ce qui s'est passé. Pour tout vous dire, nous sommes les seuls à avoir découvert qui est

derrière tout ça. Mais vous allez me dire, pourquoi ?
Pourquoi l'un des autres nous trahirait ?
L'explication est très simple. Celui qui a fait ça hait au
plus haut point Adam, les humains et surtout les traqueurs. Pour lui, le seul moyen de réussir à tous les
éliminer était de prendre le pouvoir. Ce plan était ingénieux et maléfique, mais l'erreur fatale a été de né-
gliger les « prestataires ». J'ai réussi avec l'aide de
beaucoup de personnes à remonter jusqu'à une
banque. D'ailleurs, Skelton, tu n'aurais rien à dire concernant une transaction à plus de 2 millions ? C'est
une grosse somme d'argent ça… et ça a dû être terrible quand tu as appris que la petite Warlock, qui était
ton seul moyen de chantage auprès d'Adam pour obtenir le poste de chef, avait disparu.

Tout le monde se retourna vers Swayn, qui s'enfonça dans son siège. Son visage laissa paraître un ric-
tus et il éclata de rire.

— Alors, celle-là, je crois que c'était la meilleure
partie ! Voyons, Garry, nous sommes tous deux chefs
d'entreprise, tu sais bien que parfois nous faisons des
transferts d'argent importants.

— Oui, mais jamais sur le compte d'un traqueur !

— Tu ne peux rien prouver !

— Détrompe-toi, tu vois le dossier bleu qu'Adam
a devant lui ? Celui-ci contient les noms de toutes les
personnes ayant participé à ton projet. C'est fini, Skelton !

— Adam ne mérite pas sa place ! aboya-t-il. Vous
auriez dû me choisir comme chef du Cercle. De toute
façon cette mioche ne devait me servir que de mon-
naie d'échange !

À cet instant, ne me maîtrisant plus, je me ruai sur
Swayn dans un grognement terrible. Il bondit de sa

chaise et roula sur le côté. Mais, je réussis à le coincer dans un angle de la pièce. Il était complètement terrorisé, mais arriva à balbutier quelques mots.

— Comment est-ce possible ? Je croyais que vous n'aviez pas assez de sang de loup pour pouvoir vous transformer !

Sa réponse me surprit tellement, qu'il échappa à ma vigilance une fraction de seconde et courut vers la porte d'entrée. J'étais partie pour me jeter sur lui, mais je me retrouvai nez à nez avec un loup noir. Skelton était maintenu par Garry et Charlie, tandis que les autres loups gardaient leurs distances avec beaucoup de précautions.

Sous le coup de la colère, mon corps trembla. Je grondai et retroussai les babines sur Adam, qui ne bougea pas un sourcil. Je pensais qu'il allait essayer de me calmer en me soumettant, mais au lieu de ça, il s'avança doucement et posa sa tête sur la mienne. Surprise de sa réaction, je me laissai faire. Il me donna même un petit coup de museau sur l'échine et un grand coup de langue sur le front. Ce qui eut pour effet de faire entièrement disparaître toute cette rage en moi. Je vacillai légèrement et Adam se posta à mes côtés pour m'empêcher de tomber. Nous étions restés dans cette position pendant quelques secondes, qui me parurent des heures, et quand je me sentis prête, nous avions repris forme humaine.

Contre toute attente, c'est Garry qui rompit le silence.

— Quand je disais qu'il ne fallait pas te sous-estimer en tant qu'Alpha, parce que tu ne pouvais pas te transformer, je ne pensais pas que tu le prendrais au pied de la lettre ! Alors, Skelton, ça fait quoi d'avoir contrarié une Azael ?

Ce dernier ne répondit pas, mais à ses yeux dorés, son souffle court et des gouttes de sueur qui coulaient le long de ses tempes, je compris qu'il était terrorisé.

Adam me tenait par la taille et je n'osai pas le regarder. Tout en observant le sol, je tentai d'expliquer ma réaction.

— Je… je suis désolée, Adam. Je ne voulais pas poser de problème, c'est juste que je n'ai pas réussi à garder le contrôle. Je ne savais pas vraiment que j'étais capable de me transformer. Depuis qu'Amy a disparu, je suis constamment sur les nerfs. Les membres de la meute ont bien essayé de m'aider, mais, je crois que c'était trop pour eux.

— Ne t'inquiète pas. Ta réaction est normale et d'ailleurs, je l'avais un peu prévu. Maintenant, il faut surtout que tu apprennes à garder le contrôle. Pour l'instant, essaie juste de ne blesser personne. Tout est bientôt fini.

— L'autre jour, c'est moi qui t'ai blessé à l'épaule, n'est-ce pas ?

Dans un long soupir, il hocha la tête.

— Carrie, on discutera de tout ça plus tard. Pour le moment, je dois terminer mon travail. Que chacun retourne à sa place. Pendant ce temps, Skelton, toi tu attendras dans la voiture, menotté, muselé et surveillé par mes gardes. Vous deux ! Emmenez-le.

Deux gardes sortirent du coin de la pièce, près de la porte. Je n'avais pas fait attention à eux quand Adam était entré. En même temps, vu son arrivée, à part lui, nous n'avions pas vu grand-chose.

Juste avant de partir, Garry chuchota quelque chose aux gardes et ceux-ci inclinèrent la tête. Skelton ne broncha pas quand ils lui mirent les menottes et une espèce de muselière qui me fit froid dans le dos.

Elle ressemblait un peu à celle que portait Anthony Hopkins dans *Hannibal*. Je ne pus retenir un grognement de satisfaction sortir de mes entrailles et bizarrement cela me fit beaucoup de bien. Après quelques minutes dans un silence pesant, Adam ordonna à tous les Alphas de quitter la maison.

CHAPITRE 19

Carrie

À présent, il ne restait plus que Garry, Adam et Andrew. Je ne me souvenais même plus que ce dernier était là, tant sa présence fut silencieuse.

— Garry !

— Oui, Adam ?

— Tu peux le prévenir. Tout est sécurisé.

— Bien. Mais tout n'est pas fini. D'ailleurs, en parlant de ça. Carrie, tu peux demander à ta meute de venir, s'il te plaît ?

Surprise, j'acquiesçai et demandai aux membres de venir.

Garry continuait son petit jeu d'enquêteur et commençait sérieusement à me faire tourner en bourrique. Il s'avança près de moi et tout en souriant me demanda mon téléphone.

— Pourquoi en as-tu besoin ?

— Je dois vérifier quelque chose. Enfin, c'est surtout Thuss qui va le vérifier. Approche-toi, petit, je ne vais pas te manger. Je veux seulement que tu essaies de contacter Adam et que tu lui laisses un message. Sois gentil, mets le haut-parleur. Quant à toi, Adam, regarde si tu reçois bien l'appel.

Thuss s'approcha doucement et je lui confiai mon portable. Deux secondes plus tard, nous entendîmes la tonalité, Thuss attendit d'avoir le répondeur. Il laissa alors un message et raccrocha. Quand je me tournai vers Adam, je vis son visage livide.

— Non… c'est impossible. Je n'ai rien qui s'affiche. Aucun appel en absence, aucun message vocal, rien… Thuss, envoie-moi un sms. Je vais essayer de t'appeler, Carrie.

Adam répéta l'opération et avec désarroi, je compris que toutes nos tentatives de contacts avaient échoué depuis son départ. Je sentais les larmes monter, j'étais folle de rage.

— Pourquoi ça ne marche pas ! Je n'ai rien touché ! Thuss, essaie encore une fois !

— Mais, Carrie, ça ne fonctionne pas.

— Essaie avec l'application qu'on nous a demandé de tester.

— Une application ? Pour quoi faire ?

— Pour sécuriser nos conversations.

— Sécuriser vos conversations… Pourquoi, tu ne m'as pas demandé ! Je t'en aurais fait une moi ! Attends, laisse-moi voir.

Je lui tendis à nouveau mon téléphone et quand il découvrit l'application, il eut une moue de dégout. Mais très rapidement, la colère prit le dessus. Ses sourcils se froncèrent et sa mâchoire se serra.

— C'est une blague ! Non, mais sérieux, tu as vu l'icône mégapixélisée ! L'interface est ignoble ! Ça pue le virus à trois kilomètres, ton truc ! Et puis franchement, le nom… « WOLFAPPS ». Tant qu'on n'y est pourquoi pas « HUMAINWOLF » ! Comme ça au moins tout le monde est au courant ! N'importe quoi…

— Tu penses pouvoir régler le problème ?

— Ouais, mais laisse-moi cinq minutes ! Adam, il me faut le tien aussi.

Le jeune homme sortit rapidement et revint avec son ordinateur. Il prit les deux téléphones et s'installa sur une des chaises dans la bibliothèque. Thuss exigea le silence pendant quelques minutes. Pendant ce temps, je surveillai Andrew qui avait l'air mal à l'aise. Soudain, Thuss cria victoire et nous tendit nos téléphones respectifs.

— Carrie, essaie maintenant ! Tu verras, ça fonctionne comme sur des roulettes ! Ce que je ne comprends pas, c'est que l'application a été créée uniquement pour bloquer les contacts externes ciblés.

— Euh… en langage commun, ça veut dire quoi exactement ?

— Que toi et Adam, vous vous êtes bloqués mutuellement avec ce truc. Peut-être même avec d'autres personnes. Du coup, même quand vous passiez vos appels ou vos messages en dehors de l'application, vos téléphones considéraient l'autre comme un nuisible. Maintenant que je l'ai désactivée et surtout supprimée, vous ne tarderez pas à recevoir toutes les anciennes conversations que vous avez écrites et tous vos messages vocaux. Par contre, j'aimerais bien savoir qui vous a dit de télécharger cette daube ?

Le regard d'Adam croisa le mien et partit dans la même direction.

— Je peux savoir exactement ce que tu comptais faire en faisant ça, Andrew ?

— Je te promets, Adam ! Je n'étais pas au courant !

— Tu te moques de moi en plus ! C'est toi qui m'as demandé, ou plutôt harcelé pour que j'utilise ce truc. En me prônant sa fiabilité et sa sécurité ! Maintenant que j'y pense, combien de fois on m'a dit qu'on n'arrivait pas à me joindre ! J'avais tellement peu de temps que je t'ai laissé gérer tout ça en toute confiance ! Tu as menti sur quoi encore ? Et pourquoi ?

— Promis, je n'ai pas menti !

J'observais en silence leur conversation houleuse mais je devais vérifier la véracité de ses propos.

— Andrew ! Si tu n'as vraiment rien à te reprocher dans ce cas, je pense que nous pouvons évoquer toutes nos conversations devant Adam, car je suppose, que comme tu le soutiens, il est au courant de tout. N'est-ce pas ?

— Euh… Carrie. Je ne suis pas sûr que ce soit le meilleur moment pour en discuter. Surtout que ce sont des conversations privées et qu'il y a du monde autour de nous.

— Justement… si tu n'as rien à te reprocher, je peux tout dévoiler ! Tu te rappelles sûrement, quand je t'ai dit que j'étais enceinte d'un mois et demi. La promesse de le revoir avant mon accouchement, les nombreuses fois où je t'ai demandé de me passer Adam, car je n'arrivais pas à le joindre, ou bien encore mon accouchement. Et encore beaucoup d'autres… Je parie qu'il est au courant de tout !

Son visage se décomposa et avant de pouvoir faire quoi que ce soit, Adam se jeta sur lui. Le soulevant par le col, il le plaqua sur le mur en hurlant.

— Tu étais au courant de tout ? Et tu n'as rien dit ! Espèce d'enfoiré, tu es comme ton père ! Tu savais depuis le début et tu n'as rien fait ! Pourquoi ?

— Je te promets ! Je ne savais pas !

— Arrête de mentir ! Maintenant, tu vas parler et tu as intérêt à dire la vérité.

Sentant la main d'Adam serrer son cou, il déglutit avec difficulté.

— Ok, ok ! reprit-il d'une voix cassée. Swayn est venu me trouver juste après votre mariage en me disant que ce serait bien si je reprenais la suite de mon père. Après sa mort, c'est toi qui as été choisi. Il m'a dit que ça aurait dû être moi. Je ne dis pas le contraire ce poste-là, j'ai toujours rêvé de l'avoir, même si je sais qu'il y avait qu'une part infime, car je ne suis qu'un Bêta, comme Juno. Alors il m'a dit qu'il avait un plan pour l'obtenir. Il fallait simplement que je vous maintienne éloignés. Je ne pensais pas un seul instant qu'il kidnapperait votre fille, et encore moins que c'était lui le meurtrier.

— Quand Amy a disparu, tu ne t'es pas dit que ce serait le moment de parler !

— Je viens de le dire ! Je ne pensais pas que c'était lui ! Et vu la situation, je ne voulais pas l'empirer en disant tout ça ! Adam, crois-moi !

— Désolé… mais c'est fini. Tu vas être enfermé pour tes actes.

— Non ! Adam ! Tu n'as pas le droit ! Je suis de ta famille !

— Plus maintenant…

En entendant les éclats de voix, je vis entrer les deux gardes qui avaient menotté Skelton. Ils firent de même avec Andrew qui hurlait et se débattait comme un diable. Au bout de quelques minutes, ils réussirent à le maîtriser et à le sortir de la maison.

Un long silence pesait à nouveau dans la bibliothèque, et Garry fut le premier à le rompre.

— Carrie, Adam, j'aimerais vous annoncer une bonne nouvelle. Maintenant que nous sommes en sécurité, je peux tout vous révéler. Lors de l'attaque de l'entrepôt, Sleek et mes deux loups ont trouvé Amy. Je vous l'avoue, d'après Feargus, elle était mal en point. Les traqueurs ont profité qu'elle soit là et lui ont prélevé beaucoup de sang. Nous avons déjà récupéré de nombreuses poches. Sleek connaissait un endroit où ils pourraient se cacher, et la emmené se faire soigner. Pendant plusieurs jours, ils sont restés à Prankston. Sleek s'est fait attaquer par Vérislav et son sbire. Sleek a fini par l'achever, mais il a été mordu.

J'écoutai, ahurie par ses propos, je comprenais enfin toute l'histoire.

— Peter ! Peter est venu à la maison il y a quelques jours soi-disant pour prendre un vaccin contre la grippe. Mais en fait, il avait seulement besoin du sérum pour Sleek… je n'y crois pas, Amy était à Prankston depuis des jours et je n'ai rien vu ! Mais pourquoi il ne m'a rien dit ?

Soudain, une voix s'éleva derrière moi.

— Parce que je n'étais pas au courant, figure-toi !

Je me retournai brusquement et aperçus Peter qui venait d'entrer. D'instinct, je lui sautai dans les bras.

— Peter ! Où est Amy ?

— Oh ! Eh bien, avec sa nounou préférée. Eh ! Sleek dépêche-toi un peu. Il y en a une qui t'attend avec impatience.

Un petit couinement se fit entendre et soudain Sleek apparut, tout sourire, tenant Amy contre lui.

— Salut la compagnie ! J'ai une livraison spéciale pour vous.

— Amy !

Je me ruai sur lui et découvris ma fille endormie dans ses bras. Tout mon corps tremblait et mes larmes coulaient en continu. Enfin, elle était là. Il me tendit Amy en souriant et je la pris tremblante en la calant contre ma poitrine.

— Elle a pris son dernier biberon il y a deux heures. Je lui ai changé la couche juste avant de partir. En ce moment, elle prend des biberons de 330 ml voire 300 ml.

— D'accord. Et pour le sommeil ?

— Oh ! Eh bien, elle fait une sieste le matin vers neuf heures trente ou dix heures. Elle dort deux heures environ et pour l'après-midi, la sieste commence vers quatorze heures et elle dort deux à trois heures. Pour le soir, elle a le sommeil facile. Le dernier biberon est à minuit et le premier repas se fait à six heures. Tu verras, je t'ai tout mis dans le sac. Le paquet de couches entamé, le lait dans le sac isotherme, les quelques jouets et la petite peluche avec laquelle elle s'endort. Pendant que j'y pense, tu verras elle a une petite dent en haut qui est sortie, donc, attention au doigt ça peut faire mal, demande à Peter de t'expliquer lorsqu'il a presque perdu son doigt. Ah oui ! Elle fait du quatre pattes aussi, depuis deux jours !

Je l'écoutai, attendrie devant toutes ses explications. Je voyais qu'il avait vraiment pris soin d'elle et qu'il l'aimait beaucoup. Elle ouvrit les yeux et commença à se manifester, en émettant de petits cris. Tout en souriant, je lui fis un long bisou sur sa petite joue. En retour, j'entendis un joyeux gazouillis et vis la petite dent quand elle ouvrit la bouche. Quand elle tourna la tête, elle aperçut Sleek et tendit les bras dans de mignons petits cris.

— Oh, ma petite choupette ! J'avais promis de te ramener à ta maman. Maintenant, il va falloir se dire au revoir.

Sleek lui fit une longue bise sur le front et Amy commença à pleurer.

— C’est plus dur que prévu. Vous m’excusez, mais je vais attendre dehors.

— Sleek ! Attends ! Merci, merci mille fois de t’être occupé d’elle, de l’avoir sauvée et protégée. Et à toi aussi, Peter. Sans vous, je ne l’aurais jamais retrouvée…

— Je t’en prie. Entre amis, c’est la moindre des choses.

Je voulus retenir Sleek, mais sentant sa peine trop lourde, je le laissai filer. Il avait besoin d’être seul cinq minutes. Garry sortit en même temps que lui et me lança un sourire ravi. J’inclinai la tête en guise de remerciement.

Je réussis à calmer les pleurs de ma fille et elle retrouva enfin la famille. Chaque membre de la meute la prenait avec soin, accompagnant leurs gestes de câlins et bisous en tout genre. Au bout de plusieurs minutes, j’aperçus qu’Adam était encore présent, mais restait en retrait.

Je repris Amy des bras de Sélèné et lui emmenai.

— Adam… je crois qu’il y a quelqu’un qui aimerait bien faire ta connaissance.

Il était prostré contre le mur, les yeux fermés. Comme s’il refusait de la voir. Je me postai devant lui, en l’implorant.

— Adam… s’il te plaît.

— Je suis navré. Mais je dois partir. J’ai deux traîtres sur les bras et sûrement une vengeance des traqueurs à gérer d’ici peu. Je ne peux pas me permettre de jouer au papa maintenant. Amy est en sécurité et tu as toute ma confiance pour assurer le poste d’Alpha.

— Rassure-moi, tu es simplement en train d’écrire un sketch là. Tu n’es pas sérieux ?

— Je suis désolé et j'espère qu'un jour, tu comprendras que mon devoir est avant tout, celui de chef de meute.

Sur ces mots, il me laissa en plan avec Amy dans les bras. J'étais tellement en état de choc que je ne réalisais pas tout de suite ce qui venait de se passer. Il m'avait encore abandonnée et sa fille aussi. Il était sorti sans un regard ni aucun geste affectueux pour elle.

Je ne pourrai jamais lui pardonner.

CHAPITRE 20

Adam

Adam était de retour depuis deux semaines dans le Nebraska. Skelton se trouvait au fond d'un trou, sans eau ni nourriture. Quant à Andrew, il était simplement enfermé dans une cellule de la propriété du Nebraska. Adam avait soigneusement choisi la plus sinistre et la plus sale qui soit. N'ayant plus de conseiller, Sleek officiait comme bras droit.

Sleek venait à peine de franchir le seuil de l'immense demeure que la sonnerie de son téléphone retentit. Depuis l'arrestation des deux loups, ce maudit portable ne cessait de sonner à longueur de journée. Cette fois, c'était Adam qui le réclamait dans son bureau. Sleek ne pensait pas un seul instant qu'Adam reviendrait à Lincoln et laisserait Carrie seule.

Il gravit les marches quatre à quatre et arriva rapidement devant le bureau. La porte était ouverte, ce n'était pourtant pas dans les habitudes d'Adam. Il frappa tout de même avant d'entrer et Adam sortit la tête de ses dossiers. Il fit signe à Sleek de prendre place.

— Entre et installe-toi.

— De quoi veux-tu me parler ?

— Garry m'a rapporté que vous aviez retrouvé de nombreuses poches de sang dans l'entrepôt. Ces loups me les ont fournis ce matin. Dans la caisse qui les contenait, j'ai retrouvé un dossier, que je suis en train d'étudier. Je me suis aperçu que le nombre de litres est nettement inférieur à ce que la caisse devrait contenir.

— D'accord. Tu en déduis quoi du coup ?

— Que les traqueurs sont en possession du sang de ma fille, et que je ne les laisserai pas faire des expériences.

— Tu veux que j'aille les récupérer, c'est ça ?

— Oui. Grâce à l'immatriculation du véhicule que tu m'as fournie, quand tu as tué son bras droit, j'ai une adresse. Je pense que Feargus et Cooper seront ravis de t'accompagner. Vous avez été d'une grande aide et sans vous je ne sais pas ce qui se serait passé.

— C'est normal, Adam, tu le sais bien. Je suis ravi d'avoir pu aider, surtout qu'Amy est adorable ! D'ailleurs, je voulais te poser une question ?

— Je t'écoute.

— Pourquoi tu n'es pas resté à Analheime quelque temps ? Ou même, pourquoi tu n'as pas carrément installé tes bureaux là-bas ?

— C'est compliqué…

— Non, il n'y a rien de compliqué ! Sérieusement Adam, tu as propulsé Carrie en tant que chef de meute sans rien lui dire, pas une fois tu ne t'es déplacé. Ta fille s'est fait kidnapper et a failli mourir ! Et toi, quand tu daignes enfin montrer le bout de ton nez, tu repars ! Je comprends entièrement que Carrie t'en veuille au plus haut point. Fais attention, Adam, je te donne un conseil d'ami, si tu continues, elle partira.

— Je vais aussi te donner un conseil. Ne te mêle pas de ça. J'ai confiance en elle et en ses capacités. Deux Alphas dominants sur le même territoire n'ont jamais fait bon ménage.

— Quoi ? Mais, je ne te parle pas de ses capacités à être chef ! Je te dis que tu fous ton mariage en l'air ! Dès le début de votre relation, tu savais qui elle était et de quoi elle pouvait être capable ! Alors, ne viens pas me dire que Carrie est dominante ! Elle l'a toujours été !

— Ça suffit. La discussion est close.

— Ah ça, non !

— Arrête ça maintenant ! Ne m'oblige pas à utiliser la soumission.

— Tu devras l'utiliser parce que je ne compte pas m'arrêter là ! Au fait, ta petite, tu comptes la reconnaître à un moment donné ? Je dis ça, parce que j'ai plus joué au papa avec elle, que toi ! Tu n'en voulais pas de ce bébé et tu penses que c'est de la faute de Carrie tout ça. Mais c'est faux !

— Comment t'es au courant ?

— Ta femme est mon amie. Donc, depuis que son téléphone fonctionne, on a repris contact.

— Je vois. Dans ce cas, passe-lui le bonjour ! Peut-être qu'elle répondra si c'est toi qui lui dis !

— Elle t'en veut. Tu l'as profondément blessée. Elle a déjà vécu une vie que je ne souhaiterai à personne, alors je t'interdis de la faire souffrir davantage.

— Sinon quoi ? Tu vas te dresser contre moi ? Ne t'avise plus de me parler d'elle et d'Amy. Contente-toi d'obéir à mes ordres et ne te mêle plus de ma vie privée. Sache que je n'ai pas eu le choix d'abandonner ma famille et contrairement à ce que vous pensez tous, ça m'affecte énormément. Je fais tout pour que rien n'influence mon jugement ou mes réactions. Mais c'est quelque chose d'extrêmement difficile à vivre. Il y a un peu plus de trois ans, je croyais l'avoir perdue à jamais, et comme par miracle elle est revenue. Je suis très chanceux et fier de l'avoir comme épouse. Quant à Amy, j'appréhendais d'être père et j'ai honte d'avoir réagi de la sorte. Pourtant, au moment où j'ai su qu'elle venait de se faire enlever, tout s'est écroulé. Je n'étais plus maître de moi. Or, tu le sais tout autant que moi, le chef du Cercle ne doit jamais se laisser envahir par ses sentiments. C'est à cause de ça que je vis loin et que je continue à avoir mes bureaux ici. Alors, tu penses toujours que je suis un salaud ?

— Excuse-moi. Je ne pensais pas que tu le vivais aussi mal… je suis vraiment désolé. Et je n'ai pas dit que tu étais un salaud.

— En effet, mais tu le pensais fort.

— Si tu veux, je peux en parler à Carrie. Pour arranger un peu les choses.

— Non, ne t'inquiète pas. Je pense faire un saut à Analheime d'ici peu. Par contre, je veux que tu partes tout de suite chercher ces poches de sang chez les traqueurs. Je t'envoie l'adresse par message.

— Fais attention, Carrie et Amy ont des crocs maintenant !

— Toi aussi, méfie-toi des traqueurs, ils en ont aussi et ceux-là sont empoisonnés.

Sur ces mots, Sleek quitta la pièce rapidement. Adam poussa un long soupir, soulagé et triste à la fois. Il avait enfin pu parler à quelqu'un de ce qu'il ressentait vraiment, mais il ne pensait pas que Carrie lui en voulait à ce point.

Le lendemain, alors qu'il traitait des dossiers, son gestionnaire courrier arriva. Adam leva les yeux au ciel en voyant la pile qui se dressait devant lui.

— Vous avez du courrier, monsieur Warlock.

— Encore ! Rappelez-moi la date de vos congés, s'il vous plait ?

— Dans quinze jours, monsieur.

— Alléluia !

— Vous savez qu'il sera quand même traité ?

— Oui, mais pas aussi efficacement ! Ce qui me laissera cinq minutes de répit.

— Merci pour ce compliment, monsieur. Avant de me retirer, j'aimerais vous avertir qu'il y a une enveloppe cachetée « confidentiel ». Je l'ai mise tout en haut de la pile.

— Merci bien. Je regarde ça tout de suite.

— Je vous en prie, bonne journée à vous.

Adam attendit que l'homme sorte du bureau et ouvrit la première enveloppe. Mais ce qu'il vit à l'intérieur lui fit regretter amèrement son geste. Il pâlit et se figea sur place. Sa bonne humeur vola en mille morceaux et sa gorge se noua. Le dossier de plusieurs pages qu'il tenait dans ses mains contenait les papiers du divorce que Carrie avait envoyés quelques jours plus tôt.

Plusieurs minutes passèrent sans qu'il puisse faire quoi que ce soit. C'est quand son téléphone sonna une énième fois qu'il se décida à décrocher.

— Allo ?

— C'est Sleek. Adam, on a un gros problème.

— Que se passe-t-il ?

— Tous les loups de Skelton sont morts. Y compris le nouvel Alpha.

— Pardon ?

— Ils sont tous morts ! Tués par les traqueurs.

— Ce que je craignais est en train d'arriver… Vous avez récupéré le sang ?

— Non, je n'ai pas eu le temps ! Pourquoi ils ont fait ça ?

— Vengeance. L'un des nôtres les a trahis et toi tu as tué le bras droit de Vérislav. Tu ne pensais tout de même pas qu'ils en resteraient là.

— Je m'en doutais, mais de là à assassiner une meute entière… Il ne reste plus rien à part leurs squelettes et quelques touffes de poils. À croire qu'ils n'ont rien pu faire.

— C'est une attaque de nuit, c'est obligé. Qui vous l'a signalé ?

— Bayron. Il était venu voir le nouvel Alpha pour discuter des contrats qu'il avait passés avec Skelton. Je peux te jurer qu'il n'est pas près de revenir ici avant un moment.

— Occupe-toi du ménage et de mon côté je vais devoir organiser une réunion très rapidement. Il faut protéger les nôtres, en particulier ceux qui habitent près de ce territoire. Nous devons organiser nos défenses.

— Je m'en charge ! Euh… tu vas bien ? Tu as une sale voix !

— Oui, ne t'inquiète pas ! Je ne m'attendais pas à une telle annonce…

— Je comprends. Bon j'y retourne, à plus tard !

Adam raccrocha et prit la liste des Alphas. Les premières tonalités résonnèrent et Garry décrocha.

— Bonjour, Adam ! Qu'est-ce que je peux faire pour toi ?

— Garry, la meute de Skelton est morte. Les traqueurs sont passés à l'attaque. Vous devez tous venir demain matin à la première heure. Je déclare l'état d'urgence.

— Hum… nous nous en doutions qu'ils passeraient à l'acte. Tu peux compter sur ma présence demain.

— Merci à toi. À plus tard.

CHAPITRE 21

Carrie

De la salle de bain, j'entendis le téléphone sonner dans le salon et laissai Juno décrocher. Je profitais du bain avec ma fille en la surveillant étroitement afin qu'elle ne fasse pas son tsunami habituel. Elle aimait l'eau et s'amusait comme une folle avec ses petits animaux en plastique. Mais ce qu'Amy adorait par-dessus tout, c'était arroser la personne qui la gardait pendant ses ablutions. Pour ça, je gardais toujours précieusement une serviette de bain, qui me servait de bouclier, au cas où l'envie de m'asperger lui prendrait. Thuss était le premier à en avoir fait les frais. Le pauvre garçon avait dû évacuer les lieux, trempé de la tête aux pieds. Je me souvenais encore de son visage surpris au moment où il sortait de la salle d'eau, sous les éclats de rire d'Amy. Je m'étais retenue de rire à mon tour et tentai de la gronder. Mais, avec sa petite mine penaude et sa petite bouche en coin, je ne résistais pas longtemps.

Une giclée d'eau me sortit de mes pensées et d'instinct je réprimandai ma fille qui s'apprêtait déjà à m'arroser avec sa mini baleine. Dans un grognement, elle frappa l'eau et commença à bouder. Malgré son jeune âge et sa petite taille, elle possédait un sacré caractère. Sur le physique elle tenait d'Adam, mais intérieurement, Amy tenait de nous deux. Au moment d'annoncer la fin du bain, Juno ouvrit brutalement la porte.

— Carrie. Téléphone pour toi. C'est extrêmement urgent.

— C'est qui ?

— Adam.

— Dis-lui que je le rappelle plus tard.

— Non, il faut que tu prennes l'appel maintenant. Il s'agit de meurtre.

— Quoi ? Encore ? Je te laisse surveiller la petite !

Je dévalai les escaliers et pris le combiné.

— Adam ?

— Carrie, désolé de te déranger, mais la meute de Skelton s'est fait tuer par les traqueurs. Pour organiser notre défense et mettre un plan efficace en route, j'ai besoin que chaque Alpha participe à la réunion demain matin à Lincoln. Je peux compter sur toi ?

— Oui je serai présente demain, pas de souci.

— Bien, dans ce cas à demain.

— Adam ! Juste un instant !

— Oui ?

— Je… en fait, rien, laisse tomber. Salut.

Je raccrochai sans attendre sa réponse. Je savais qu'il avait sûrement dû recevoir les papiers. Personne ici n'était au courant de ce que j'avais fait, mais aucun d'entre eux ne connaissait réellement mon état et les nombreux remords qui m'habitaient.

Le lendemain, après une nuit agitée, j'atterris enfin. Je pris l'avion avec Charlie ce qui m'évita de passer le trajet à ruminer. Il était inquiet et m'expliqua que les rares fois où les traqueurs s'amusaient à faire ça, une guerre éclatait. Cela se terminait seulement quand l'un des deux chefs de clans ennemis mourait. J'écoutai avec effroi son discours et me mis à frissonner. Je ne laisserai pas Adam mourir. J'avais un pouvoir immunisant et je comptais bien m'en servir.

Une fois sur place, nous fûmes accueillis par Hector, le majordome.

— Madame Warlock ! C'est un plaisir de vous revoir.

— Le plaisir est réciproque, Hector. Savez-vous où se trouve Adam ?

— Dans son bureau. Il descend dans quelques minutes. En attendant, je vous prie de bien vouloir me suivre dans la salle de réunion.

Il nous invita à le suivre et lorsqu'il ouvrit la porte, je m'aperçus que nous étions les derniers. Garry me fit signe de m'assoir à la droite d'Adam, alors que Charlie s'assit à plusieurs chaises de moi.

La porte s'ouvrit, Sleek apparut et je lui fis signe d'approcher. Tout en me serrant contre lui, je lui glissai quelques nouvelles d'Amy. Son sourire chaleureux me détendit légèrement. Alors que j'étais toujours dans ses bras, Adam surgit.

Sleek me relâcha rapidement, mais un simple coup d'œil vers Adam, m'avertit qu'il n'avait pas apprécié cette effusion en public. Il ordonna à tous de prendre place et Sleek se posta devant la porte.

— Bien, comme vous le savez tous, la meute de Skelton a été décimée par les traqueurs. Je craignais que ça n'arrive. Pour ça, je vais devoir vous demander à tous de prendre des précautions. Mais avant toute chose, je dois vous expliquer le plan que Sleek et moi avons monté. Je sais bien que personne ne va apprécier, malheureusement, peu de choix s'offre à nous.

Dans un silence religieux, je pus seulement ressentir toute l'anxiété et la peur de chaque Alpha. Adam s'était arrêté, comme pour les jauger, mais continua presque instantanément.

— Carrie étant la seule à voir les traqueurs sous forme humaine, nous devons nous regrouper à Analheime. De plus, nous pensons qu'ils frapperont aussi cette ville. Les Azael ont toujours été leurs cibles favorites et aujourd'hui il y en a deux à protéger.

— Je signale que je n'ai pas besoin de protection, au contraire, ce serait plutôt l'inverse. D'ailleurs, au passage, je refuse d'accueillir les Alphas chez moi. Franchement, tu commences à me gonfler à m'imposer quinze mille trucs sans même m'en parler ! Tu ne penses pas que tu abuses un peu ?

— Carrie, je t'en prie. Ce n'est pas le moment de monter sur tes grands chevaux. J'ai besoin de toi et le temps presse.

— Trouve-toi un autre pigeon ! Car je n'accepterai jamais une aberration de la sorte ! Tu me prends pour qui ? Un hôtel ?

— Écoute, je sais que ce n'est facile pour personne. Mais le climat dans lequel nous nous trouvons actuellement ne nous permet pas des dissensions. Il faut rester uni pour les vaincre. Je sais que tu peux le comprendre. C'est la dernière fois que je t'imposerai quelque chose, je t'en fais la promesse.

J'étais partie pour râler, mais me ravisai en entendant le ton de sa dernière phrase. Le son de sa voix était voilé. Son teint pâle et ses yeux fermés me confirmèrent une profonde tristesse.

Je hochai simplement la tête pour lui confirmer mon acceptation.

— Pour plus de sécurité, je demanderai à chacun que vos bras droits respectifs prennent le relais pendant votre absence. Une fois que nous les aurons localisés, tous les loups devront être présents pour le combat final. Connaissant Vérislav, je suis certain qu'il nous attendra avec tous les traqueurs disponibles. En attendant, dès demain, vous emménagerez à Analheime. Concernant Amy, il faudrait éviter qu'elle se retrouve plongée au cœur de cette bataille. Tu penses que ta mère pourrait la garder quelque temps ?

Je le regardai, interloquée. Il voulait que je me sépare de notre fille, alors que je venais tout juste de la retrouver. Pourtant, sa phrase était sensée. Je n'avais pas songé un seul instant à l'éloigner d'ici, alors qu'elle courrait un grand danger et lui malgré tout ce qui se tramait, pensait à sa sûreté. Je ne doutai pas de ses compétences en tant que père et cette phrase confirma mes dires. Il me fallut quelques secondes pour sortir mon téléphone et composer le numéro.

— Allo, maman ? J'aurais besoin que tu me rendes un service. Tu pourrais garder Amy quelque temps ? Hum… Je ne sais pas, je n'ai pas de date. Si possible dès demain ? Mais non, ne t'inquiète pas, rien de grave, j'ai juste besoin que quelqu'un la garde. Parfait, merci beaucoup ! Thuss fera le voyage avec elle, ne te fait pas de soucis. Oui, moi aussi je t'aime.

Je raccrochai et inclinai la tête vers Adam en signe d'approbation.

— Bien. La réunion est finie. Sachez que je pars ce soir pour Analheime, je vous attendrais tous demain à la première heure.

— Tu repars avec moi ?

— Non, je ne peux pas, je dois terminer mon travail ici. Je prendrai le dernier vol de la journée. Mais je t'aiderai à mettre en place les préparatifs. Je te laisse repartir avec Charlie.

— Mais, Adam… j'aurais voulu te parler avant.

— Carrie, ce n'est pas possible.

— S'il te plaît ! Tu me dois bien ça. Non ?

— Oui. Mais pas maintenant.

J'attendis que tous les Alphas aient quitté la salle et l'instant où Adam s'avança vers la porte je lui lançai :

— Je croyais que le chef du Cercle était toujours là pour les siens ! J'ai perdu mon mari et je ne compte pas continuer à perdre le peu de choses qu'il me reste de lui. Alors je t'implore de me laisser cinq minutes de ton temps pour une discussion. Pitié…

— Attends… tu penses vraiment m'avoir perdu ?

— Eh bien oui. J'ai fait la plus horrible des choses qui soit. Alors pourquoi tu me pardonnerais ?

— Tu parles de quoi ?

— Du divorce. Tu as reçu les papiers, n'est-ce pas ?

— Oui, hier. En même temps, je crois que je le mérite. L'abandon de ma famille, il y a maintenant plusieurs mois et l'annonce du divorce m'ont appris une chose. Je n'étais pas fait pour ça. Je ne mérite pas une femme comme toi et encore moins une petite aussi adorable qu'Amy.

— Non ! Je t'interdis de dire une chose pareille ! Je t'aime Adam et Amy aussi ! Malgré tout ce qui s'est passé, pas une seule fois mon amour pour toi n'a faibli. Ces fichus papiers, je les ai envoyés sur un gros coup de nerfs et quand j'ai voulu les récupérer au bureau de poste, le courrier était déjà parti…

Cette fois, des larmes roulèrent sur mes joues. La gorge nouée et tremblante transforma ma voix claire et aigüe, en un ton grave et rauque. Je plaquai mes mains sur les yeux comme pour essayer de faire fuir la migraine qui me guettait.

— Je suis profondément désolé, Carrie.

Sur ces dernières paroles, il quitta la pièce. Je tremblais, j'avais froid et mal à la tête. J'avais peur, je voulais qu'il reste près de moi en me serrant fort contre lui et l'entendre me dire qu'il serait toujours là.

Au bout d'une demi-heure, c'est Charlie qui vint me chercher. Il dut me soulever et me soutenir jusqu'à la voiture en essayant tant bien que mal d'entamer une conversation. Le voyage jusqu'à Analheime fut terriblement silencieux. La migraine était d'une telle violence que j'en avais des haut-le-cœur. Lorsque enfin je franchis les portes de la maison, je fondis de nouveau en larmes en me laissant tomber au sol, abattue.

Il n'y avait encore personne à la maison, pas même Amy qui était avec Anna, en promenade. Je trouvai la force de me relever, quand j'entendis le bruit de moteur d'une voiture se garer devant la maison. Lorsque Anna entra, elle comprit que quelque chose s'était passé. Elle me trouva assise sur le divan, perdue devant le feu crépitant. Amy s'avança vers moi à quatre pattes en émettant ses joyeux petits cris. Dès qu'elle fut à ma portée, je la soulevai tout en la serrant fort contre moi.

— Carrie ? Tu vas bien ?

Je ne répondis pas et continuai d'admirer les flammes. Une heure plus tard tout le monde était de retour à la maison. Je me levai péniblement du canapé et leur annonçai ce qu'Adam avait décidé lors de la réunion.

Sélèné insista pour savoir ce qui s'était passé entre nous, car mon silence était suspect. Je fis mine de ne pas entendre et recommandai à Thuss de préparer ses affaires. Je préférais savoir ma fille et ma mère protégées par l'un des miens. Il fallait se préparer au pire et par sécurité je lui demandai si Thuss pouvait rester avec Amy, ce qu'elle accepta avec joie.

Finalement, en début de soirée je reçus un message d'Adam pour me signaler qu'il ne serait présent que demain matin. Je soupirai et reposai mon téléphone sur la table du salon. Je commençais à avoir l'habitude de ses changements de programme.

CHAPITRE 22

Carrie

Ça faisait plusieurs jours que les Alpha étaient à Analheime et la cohabitation se passait beaucoup mieux que ce que j'aurais imaginé. J'avais retrouvé ma grand-mère. Nous ne nous étions pas revues depuis des semaines et cela me faisait un bien fou de me sentir entourée. Elle n'avait pas assisté aux réunions, à cause de sa phobie de l'avion. Thuss et Amy étaient bien arrivés en France et ma mère avait fait découvrir la région au jeune homme, qui était tombé amoureux de l'océan. Malheureusement, entre Adam et moi, aucune amélioration ne semblait possible et je tentais douloureusement de passer à autre chose.

J'avais expliqué à ma grand-mère ce qui se passait entre nous. Elle tenta de me réconforter en me soutenant qu'Adam ne voulait pas être séparé de moi et qu'il faisait ça pour essayer de ne pas se perdre dans sa voie de chef. Il ne savait pas vraiment comment gérer toutes les facettes de sa nouvelle vie et songeait que s'éloigner était la meilleure solution. Son père n'était pas là pour le guider, ni un autre chef qui avait occupé ce poste. Alors, il se risquait à différentes méthodes qui ne fonctionnaient pas forcément.

Soudain, un puissant éclat de voix résonna, annonçant le début des festivités pour la soirée. Malgré l'épée de Damoclès sur nos têtes, chacun prenait le soin de perpétuer la tradition des contes, autour d'un bon feu et d'une belle entrecôte.

La joie qui émanait du groupe assis devant la cheminée, me fit chaud au cœur. Pourtant, je me levai en direction de la cuisine, pour me faire un thé et sortis sur la terrasse. Je n'étais pas d'humeur joyeuse et je ne voulais pas gâcher l'ambiance avec ma tête d'enterrement.

La lune était pleine et le ciel dégagé dévoilait la voie lactée, scintillante de mille feux. Je profitais de ce petit moment de répit en buvant la première gorgée du liquide brûlant. J'aimais tellement ce goût amer et doux à la fois que je ne pus réprimer un léger soupir de satisfaction.

— Thé vert au jasmin.

Je sursautai et tournai la tête dans la direction d'où m'était parvenue la voix.

— Bien sûr. J'adore ça ! En même temps, je ne boirais jamais votre jus de chaussette. Vous n'avez même pas honte d'appeler ça du café !

Adam eut un petit rire et sortit de la pénombre pour se poster près de moi.

— Eh bien moi, je trouve ça excellent.

— Encore une différence qui devrait nous éloigner... pourtant, à chaque fois que je te regarde, j'ai le sentiment que rien ne peut nous séparer. Tu sais, avec toi je suis passée par tous les stades émotionnels. Je t'ai aimé, je t'ai haï, j'ai eu de la peine et parfois de la pitié. Pourtant même après tout ça, je t'aime profondément et je n'imagine pas ma vie sans toi. Si tu ne veux plus de moi, je comprendrais. Nous sommes peut-être trop différents. Après tout, tu es un véritable homme-loup, alors que moi je ressemble plus à une expérience de laboratoire qui aurait mal tourné. La seule chose que je te demanderai en retour est de me laisser Amy. Je sais que tu ne l'as jamais désirée et tout ce qui arrive est entièrement de ma faute. Si j'avais avorté, tout ça ne serait jamais arrivé, mais je n'ai pas trouvé le courage de le faire. Une fois que tout ça sera terminé, je voudrais que tu trouves un autre Alpha pour la meute. Je repars en France.

Sur ces mots, je me hâtai de rentrer et montai me réfugier dans ma chambre. Je sentais les larmes monter et je ne voulais pas que quelqu'un me voit dans cet état.

Pendant ce temps, Adam encaissait encore ce que je venais de lui révéler. Pas une seule fois, il n'avait envisagé que je me sentais si coupable. Il prit enfin conscience de toutes les difficultés que j'avais traversées et du peu de confiance en moi. Je cachais ma vulnérabilité derrière un fort caractère et des phrases cinglantes, mais je restais simplement une petite chose.

Je m'apprêtai à fermer la fenêtre de ma chambre quand les voix d'Adam et Juno m'interpelèrent. Ils étaient juste en dessous. Je me baissai sans un bruit et tendis l'oreille.

— Je te dérange ?

— Non… au contraire, murmura Adam en observant le firmament. Je crois que j'ai vraiment besoin de compagnie.

— Je viens de voir Carrie monter à l'étage. Qu'est-ce qui s'est passé ?

— Disons qu'elle a vidé son sac et que je ne m'attendais pas à l'avoir brisée à ce point.

— Oui, la pauvre a enduré beaucoup de choses ces derniers mois. Ne t'inquiète pas, elle est courageuse. Elle a juste besoin de temps pour remonter la pente.

— Juno, je ne crois pas que cette fois elle puisse réellement en sortir indemne. Elle pense être un monstre qui a causé notre perte. En plus, elle m'a appris que si elle avait eu assez de courage, Amy n'aurait jamais vu le jour. Tout en terminant par un « trouve-toi un autre Alpha pour la meute, car moi je repars en France dès que tout sera fini. »

— Ah oui ! C'est plus compliqué que prévu.

— Tu étais courant pour l'avortement ?

— Oui… j'ai réussi à l'en dissuader. Du moins c'est ce que je me dis.

— Qu'est-ce que je dois faire ? Je ne sais plus quoi penser ! D'un côté, je sais que notre relation n'est pas encore totalement fichue, mais de l'autre j'ai la sensation de l'avoir complètement perdue.

— Le seul conseil que je te donnerais est : « Fais confiance à ton instinct ». Il est le seul à pouvoir te sortir de là, pour l'instant. Nous, on se charge de lui montrer que ce n'est pas une bête de foire et qu'elle est très précieuse. Bon, sur ce, je te laisse, c'est mon tour de garde.

Le réveil de mon téléphone sonna plusieurs fois jusqu'à ce que je me décide à lancer mon oreiller dessus. Le cadran numérique affichait 6 heures. Celui-ci tomba bruyamment en continuant de tinter pendant un quart d'heure. Je m'extirpai difficilement de ma couette chaude et me baissai pour ramasser ce fichu appareil. Mon tour de garde commençait à sept heures et il me restait un peu moins d'une heure pour prendre un petit-déjeuner digne de ce nom. J'enfilai un Jean, un tee-shirt, mon vieux sweat noir à capuche et descendis. En arrivant à la cuisine, une assiette de pancakes encore chaude et une tasse de thé vert fumante m'attendaient sur la table. Au moment où je m'installai, je compris qu'Adam avait préparé ce fastueux petit-déjeuner. J'avalai mon repas et me mis à sa recherche. En vain. Je sortis sur la terrasse et aperçus Charlie, l'Alpha de Boston, assis sur la rambarde avec un café à la main.

— Eh ! Bien dormi ?

— Bof… mais grâce à la cuisine de mon mari, j'ai retrouvé un peu de vitalité. Comment c'est passé la nuit ?

— R.A.S ! Comme tu le vois, je suis en vie, avec aucune égratignure.

— Dans ce cas, tu peux aller te coucher, je prends la relève ! Ah, tu sais où est Adam ?

— Partis avec Sleek, il y a une petite demi-heure, faire des rondes un peu plus loin. D'ailleurs, tu as un super point de vue de cette hauteur !

— Merci, Charlie. Allez, va vite te mettre au lit ! Tu as les paupières qui se ferment.

Il sauta de la rambarde en m'ébouriffant les cheveux au passage, ce qui m'apporta un peu de réconfort.

Je m'assis à mon tour sur la place et compris pourquoi il s'était installé ici. J'avais un point de vue dégagé de la forêt jusqu'aux montagnes. Les pins fleuretaient avec le ciel, l'odeur boisée envahit mes narines et je poussai un long soupir de satisfaction. Mon regard courut le long du chemin naturel tracé en plein milieu des bois, s'arrêtant sur une plaine au pied de la montagne.

Mes yeux gravirent le plus haut sommet et contemplèrent les neiges éternelles. Au moins, en plus de sentir les traqueurs, je les verrai arriver.

Au bout de deux heures, je vis Sleek et Adam rentrer d'un pas alerte. Lorsqu'ils franchirent les quelques marches grimpant sur la terrasse, je leur demandai s'ils avaient repéré des traces et Adam hocha la tête.

— Oui. Nous avons vu un jeune traqueur à une d'heure d'ici. Je pense qu'ils se cachent dans les montagnes et qu'ils viennent se nourrir en plaine. C'est pour ça que tu ne peux pas les sentir, ils sont trop éloignés.

— Tu veux que j'aille en repérage pour être sûr ?

— Non, pas besoin. Nous avons assez de preuves. Il faut simplement qu'on trouve un plan pour les obliger à descendre, car une attaque dans les sommets serait trop dangereuse.

— Mais ça peut être un avantage certain. Ils ne s'attendront jamais à ce qu'on vienne toquer à leur porte. On gagnera en effet de surprise et leur stratégie volera en éclat. Si on les laisse s'installer en plaine, on est fichus.

Adam se tourna vers Sleek et les deux hommes acquiescèrent.

— Ta femme a raison. C'est extrêmement risqué, mais ça peut fortement jouer en notre faveur.

— En effet. Que tous les Alphas appellent leurs meutes. On a un combat à mener. Sleek, n'oublie pas de prendre quelques sérums et de quoi nous soigner rapidement, pas le temps de faire dans la dentelle, prend le strict nécessaire. Quand tout le monde sera prêt, nous partirons.

Un long frisson me parcourut. Le moment tant re-
douté, arriva.

CHAPITRE 23

Carrie

Le lendemain, Adam nous convoqua dans le salon. Tous les Alphas étaient réunis avec leur meute et attendaient les dernières instructions. Hélas ma grand-mère étant humaine, ne pouvait participer au combat contre les traqueurs et me laissa le commandement de sa meute. Stanislas, Gloria et Nuke étaient donc venus grossir mes rangs.

Je m'inquiétais pour la suite. Jamais je n'avais participé à une bataille et je ne savais pas comment tout cela se terminerait.

Une heure plus tard, nous partions en direction des montagnes, transformés en loups. Pendant qu'Adam était devant avec Sleek, je me tenais juste derrière et pouvais ressentir la peur et l'inquiétude des loups grandir au fur et à mesure que nous nous rapprochions. Le chemin à travers la montagne était escarpé. Le grognement de mes semblables me parvenait aux oreilles. Nos pattes glissaient vers le vide et nous nous serrions du mieux qu'on pouvait contre la paroi rugueuse.

La pluie martelait le sol et les éclairs zigzaguaient sous un amas de nuages noirs. Le vent glacé cinglait mon visage et malgré un épais pelage, je sentais peu à peu l'eau imbibée mes poils. Je commençai à frissonner et en jetant un bref coup d'œil en arrière, je m'aperçus ne pas être la seule à avoir du mal à supporter le froid.

Une violente bourrasque me surprit, me poussant vers le précipice. Je plantai mes griffes dans le sol boueux, en vain. Le vent me retranchait vers le fossé. Mon cœur s'accéléra, je commençais à glisser dangereusement, quand je fus violemment propulsée en arrière. Je m'ébrouai et vis Adam s'approcher.

— Tu vas bien ?

— Je crois que oui. Merci beaucoup.

— Pas de quoi. Fais attention, tu n'as pas l'habitude d'affronter les intempéries sous forme de loup. Mets ta partie humaine de côté et laisse-toi guider. Il ne faut pas lutter contre tes instincts.

Je l'écoutai avec attention. Bizarrement, mon instinct me poussa à incliner la tête en courbant l'échine. Ce n'était pas une marque de soumission, seulement celle d'un profond respect. Adam fit de même et repartit en tête de file. Juno, qui avait observé la scène, vint se poster à mes côtés et me donna un petit coup de museau sur l'épaule. Je le regardai surprise et il émit un petit jappement de satisfaction. Je compris que mon action n'était pas passée inaperçue et que les autres Alphas avaient apprécié ce geste.

Nous marchions vers le sommet et la tempête faisait rage. Le terrain devenait impraticable. Plusieurs loups manquèrent de tomber dans le ravin. Par sécurité, Adam nous conduisit dans une grotte en attendant une accalmie. Par précaution, il nous demanda de ne pas nous transformer. En même temps, vu le froid terrible, je ne risquais pas de reprendre forme humaine. À présent, je grelottais. Mes pattes, mes oreilles et mon museau étaient congelés.

Juno fut le premier à remarquer mon état et se colla à moi pour essayer de me réchauffer. Les autres membres de ma meute, ainsi que ceux de ma grand-mère, firent de même. Ils étaient aussi trempés que moi et sentir leurs poils mouillés et froids, me fit trembler davantage. Je reculai et me secouai pour essayer d'extraire le plus d'eau possible. Hélas, mon pelage était si imbibé, qu'il ne me restait plus qu'à attendre qu'il sèche.

J'observais les loups, certains se léchaient et se secouaient. Quant aux miens, ils étaient blottis les uns contre les autres et profitaient de ce moment de répit pour se reposer. Tout en soupirant, j'aperçus Adam et Sleek à l'entrée de la grotte. Malgré le froid, je risquai à me mettre auprès d'eux. Arrivée à leur niveau, ils stoppèrent leur conversation et d'un geste de la tête Adam le congédia. Je m'installai à ses côtés sans un mot.

— Tu as senti quelque chose ? me demanda-t-il.

— Non. Je pense que le mauvais temps y contribue. Ce n'était vraiment pas une brillante idée, de gravir cette montagne sous cette tempête. Regarde-les, ils sont morts de fatigue !

— Ah, tu crois ça ? Ne t'inquiète pas pour eux. Ils profitent seulement d'un peu de chaleur pour se sécher. Mais tu as raison, il y en a sûrement qui se reposent. En particulier les plus jeunes, qui n'ont pas forcément l'habitude d'affronter des intempéries d'une telle violence.

— Et toi, tu n'en as pas besoin ?

Il ne répondit pas et fixa l'horizon. Je me rapprochai, jusqu'à me coller contre lui. Des centaines de gouttes d'eau tombaient de son pelage et son corps était aussi froid qu'un glaçon. Moi, qui venais à peine de me réchauffer, je sentis à nouveau le froid m'envahir. Gentiment, il me poussa du bout de son museau.

— C'est bon, je te remercie. Ne va pas attraper un rhume, je n'ai pas envie de jouer au médecin.

— Dommage… Il me manque, le docteur Warlock.

J'avais prononcé cette phrase avec plus de tristesse que je ne l'aurais voulu. Je détournai mon regard du sien et rentrai me coucher auprès de ma meute.

Quelques heures plus tard, Stan me réveilla d'un petit coup de tête. Je bâillai et étirai mes pattes. Ce petit somme m'avait fait un bien fou. Je jetai un bref coup d'œil à l'extérieur et vis avec bonheur que la tempête s'était calmée. La pluie était encore présente, mais le vent et les éclairs avaient disparu. En quelques minutes nous fûmes prêts à partir. Adam nous avertit de faire attention au terrain glissant et de bien rester les uns derrière les autres.

Nous marchions depuis un moment quand soudain, je m'arrêtai. Un sentiment nouveau m'étreignit la poitrine. Un radar se déclencha en moi, m'électrifiant le corps. Les poils se hérissèrent sur mon pelage. Je vis des ombres fumeuses et noires se déplacer en petits groupes. Elles se trouvaient à quelques kilomètres de là.

Je courus rejoindre Adam qui était toujours en tête de file et l'informai de ce que je venais de voir.

Il s'arrêta, hésitant quelques instants. Le chemin se séparait en deux. Adam se tourna vers Sleek pour lui expliquer le plan.

— Si Carrie a senti les traqueurs, c'est qu'ils sont au-dessus de nous. Nous allons devoir prendre plus de précautions. Ils doivent sûrement avoir des gardes pour surveiller les environs. Je ne suis pas sûre que nous passerons inaperçus.

— Tu penses faire quoi ?

— Je ne sais pas… Le sentier de gauche est le plus praticable, mais nous serons à découvert sur le plateau. Après le déluge qu'il y a eu, le sol est trop meuble de l'autre côté.

J'entendis sa réponse et m'approchai doucement.

— Pourquoi tu ne veux pas passer à droite ?

Les deux loups se retournèrent, étonnés de ma présence.

— Ce serait trop dangereux. Il y a souvent des glissements de terrain à cet endroit. Vu les pluies diluviennes, ce serait de la folie.

— Ah ! Et moi qui pensais que vous pouviez gravir n'importe quelle montagne dans toutes les conditions météorologiques. Je me suis trompée, on dirait !

— Je n'ai jamais dit ça !

— Non, c'était une blague… plus sérieusement, si le chemin de droite nous permet de gagner en effet de surprise. Ça ne vaudrait-il pas le coup ?

Adam soupira. J'avais raison et il le savait. En passant par le haut, nous garderons l'effet de surprise. C'était un véritable choix cornélien.

— Bon… nous montons. Que chacun reste groupé. Nous avancerons lentement. Carrie, mets-toi en tête avec nous, tu assureras notre sécurité grâce à ton don.

J'acquiesçai et pris place entre eux deux et nous nous engageâmes sur le sentier. La boue recouvrait entièrement le sol. Mais, on pouvait deviner que la veille, des plantes foisonnaient ici, quelques traces de l'une d'elles persistaient malgré tout.

Je me concentrai tant bien que mal sur ma mission au milieu de ce paysage de désolation. Je ne décelais aucune trace d'animaux, vivants ou morts. Certains arbres jonchaient le sol, emportés par une récente coulée de boue. Nous devions donc faire attention où nous mettions les pattes. Plusieurs fois, j'aperçus des loups trébucher et glisser. Plus nous montions et plus le silence se faisait pesant. Lors de notre départ, le chant des oiseaux nous avait accompagnés, mais à présent, aucun animal, à part nous, n'osait venir en ces terres reculées.

Perdue dans mes pensées et mon « radar à traqueurs », je n'avais pas remarqué que nous étions enfin arrivés et percutai Adam qui se trouvait devant moi. Il ne bougea pas d'un millimètre, quant à moi, s'il ne s'était pas déporté sur la gauche pour me rattraper, je me serais étalée de tout mon long dans une mare boueuse.

Je le remerciai d'un geste de la tête et en retour il me sourit, visiblement amusé de mes âneries.

— Bien, très chère, quand vous aurez fini de prendre votre bain, vous pourrez peut-être vérifier si aucun traqueur ne se trouve dans le secteur. Mon flair n'indique rien et pourtant, je sens que nous ne sommes pas seuls.

— Ah ! Ah ! Ah ! Très drôle Adam ! Je te signale que ce n'est pas parce que la boue est soi-disant bonne pour la peau, que je vais m'en étaler plein la face.

Demande à ta sœur ! Elle doit bien savoir comment on l'utilise.

Il se retint de rire et j'inspirai une grande bouffée d'air, avant de fermer les yeux. J'avais déjà remarqué que lorsque je faisais ça, ma concentration et mes sens étaient plus développés.

Je continuai d'inspirer profondément et les vis. Ces ombres évaporées se déplaçaient rapidement sur la gauche à environ 500 mètres.

J'ouvris les yeux et expliquai à Adam où ils se trouvaient. Sans un mot, il se tourna vers Sleek et lui ordonna de partir en éclaireur. Les minutes qui suivirent me semblèrent interminables.

Il apparut au détour d'un virage et s'approcha de nous en courant.

— Adam ! Tu avais raison. Vérislav a pris tous les traqueurs qui étaient disponibles. Je me demande même si nous serons assez.

— Combien sont-ils d'après toi ?

— Je ne sais pas… à vue de nez, je dirais environ deux ou trois cents.

Je le regardais, perplexe. Comment autant de monde sous forme humaine pouvait survivre dans les montagnes par ce froid, sans aucune protection ?

Adam m'expliqua que les traqueurs savaient parfaitement s'adapter à n'importe quel milieu. Il me demanda alors de réutiliser mon pouvoir pour confirmer les dires de Sleek.

Je compris que ce dernier ne mentait pas. Adam vit mon regard terrorisé et sut que nous avions de sérieux problèmes. Il s'avança vers les loups et soupira.

— Bien ! Nous ne pouvons plus reculer. Nous avons au moins la chance de bénéficier de l'effet de surprise, ce qui est malgré tout, un véritable atout.

Faites attention ! Nous n'aurons pas le temps de nous occuper des blessures avant notre retour. Je sais que pour certains, c'est votre premier combat. Ce sera violent. Ne restez surtout pas isolés dans un coin ! Les traqueurs se feront une joie de vous tuer de la pire des façons qu'il soit. Rappelez-vous, c'est comme une partie de chasse, sauf que là, si vous ne tuez pas la proie, c'est la proie qui vous tuera. Restons unis et ils ne pourront rien contre nous. Bonne chance à tous !

Des grognements d'approbation fusèrent et tous se mirent derrière Adam. Nos ennemis se trouvaient sur un plateau tout en haut de la montagne.

Quelques minutes plus tard, surplombant le camp de nos adversaires, Adam donna l'ordre d'attaquer.

La première vague de sang se déroula rapidement. Instinctivement, mes crocs se refermaient sur ses monstres. Je n'étais plus vraiment moi, c'était comme si un robot pilotait mon corps et que mon âme était au-dessus, en train d'assister à la scène, en ne pouvant pas intervenir. Le goût ferreux du sang des traqueurs envahissait mes papilles, j'eus envie de vomir.

Au moins, j'avais eu raison sur un point. Ils avaient été surpris de notre attaque et n'eurent pas le temps de répliquer. La moitié de nos adversaires étaient tombés au combat et d'autres avaient pris la fuite. Je refermai ma gueule sur la gorge de l'un d'eux, quand un cri strident émanant d'une épaisse forêt de sapins retentit. Vérislav en sortit sous sa forme de monstre. Je découvris avec terreur ses dents tranchantes et un liquide légèrement violacé couler le long de celles-ci. Il ressemblait à un serpent avec ses deux crochets venimeux. D'ailleurs, sa peau noire et écailleuse me faisait plutôt penser à une maladie de peau, comme l'ichtyose, une maladie génétique, rendant la peau sèche et écailleuse. Mais cette couleur sombre m'interpellait.

Adam s'avança pour le défier, mais Vérislav ne bougea pas. Sleek se posta à mes côtés et m'annonça que le combat commençait. Il m'expliqua alors la règle de ce type de confrontation. À mon grand dam, il m'indiqua qu'aucun d'entre nous ne pouvait intervenir, car cela montrait notre faiblesse et nous serions alors à la merci des traqueurs.

Adam gronda quand le traqueur ordonna d'affronter le véritable chef.

— Voyons… Nous savons tous les deux que ce poste ne te revient pas, Warlock ! Les Azael sont les seuls à pouvoir en bénéficier ! Votre histoire d'élection n'existe que depuis la perte d'Abraham. Alors, laisse la petite-fille de mon ennemi juré m'affronter. Sinon, je tuerai tous tes loups un par un en terminant par toi ! Nous avons un compte à régler elle et moi, une histoire que j'aurais dû traiter personnellement, il y a de cela des années.

En entendant ces paroles, je m'avançai.

— Comment ça ?

— Oh ! On dirait que personne ne vous a rien dit sur la mort de vos parents.

— Je sais qu'ils sont décédés dans un accident de la route. C'était volontaire, nous n'avons jamais retrouvé le coupable. Enfin, officiellement. Car je pense très sérieusement que vous n'êtes pas innocent.

— Ah ! Eh bien, en effet. Je vais vous révéler la vérité, Carrie. Vous avez raison, ce sont mes traqueurs qui étaient en charge de tuer vos parents et de vous emmener parmi nous, afin de procéder à notre changement. Hélas, votre mère a survécu et vous a trouvé un foyer. Mais, je savais qu'un jour vous reviendriez. Je ne pensais simplement pas que vous seriez mariée à un Warlock !

— C'est quoi le problème avec mon mariage ?

— Sérieusement ! Un Warlock marié à une Azael ? Adam ne vous a rien dit ? Sa famille n'existe que pour servir de bras droit aux Azael ! Mais il faut bien reconnaître que je suis assez content, car à présent nous avons deux Azael pour le prix d'une !

— Vous n'êtes qu'une pourriture ! Jamais vous ne toucherez à un seul cheveu de ma fille !

— Dans ce cas… Affrontez-moi !

Je me mis à grogner, mes babines se retroussèrent et mes poils blancs se dressèrent. Je comptais bien mettre un terme à tout ça. Je me ruai sur lui et il m'évita avec une facilité déconcertante. Au moins, j'étais fixée. Ma vivacité ne me servirait à rien pendant ce combat.

Il ricana et continua ses provocations.

— Vous êtes remarquablement rapide ! Je n'en attendais pas moins de vous.

— La ferme !

Cet abruti m'empêchait de me concentrer. Ne jetant qu'un bref coup d'œil vers les miens, je vis Adam s'asseoir près de Sleek. Je détournai le regard et fixai mon adversaire. Je devais rapidement trouver son point faible avant de finir en charpie à traqueurs.

Je m'abaissai et bondis en direction de ses flancs. Mes crocs s'enfonçaient et arrachaient un bout de chair noire.

En entendant son cri strident, je resserrai ma mâchoire. Vérislav se débattait mais je tenais bon. Une vive douleur dans l'abdomen me surprit et me fit lâcher ma proie.

Le traqueur en profita pour m'attraper par la peau du cou et me balancer au loin. Dans un lourd fracas, mon corps s'abattit sur le sol et je poussai un couinement aigu. J'eus à peine le temps de me relever, qu'il s'élança déjà vers moi.

Au tout dernier moment, je roulai sur le côté. Vérislav perdit l'équilibre et heurta le sol.

Il se tenait accroupi et son sourire machiavélique me faisait froid dans le dos.

— Assez joué cette fois. J'ai vu de quoi vous étiez capable et hélas vous n'êtes pas à la hauteur, Azael ! Dites adieu aux vôtres, votre heure est finie !

Il chargea avec une telle rapidité que je n'eus pas le temps d'esquiver.

J'eus le souffle coupé lorsque je sentis ses griffes s'enfoncer dans mon poitrail. Du sang gicla et j'en reçus quelques gouttes sur mon visage. Un goût ferreux et chaud remontait du plus profond de mes entrailles. S'agglutinant au fond de ma gorge, je toussai pour l'évacuer.

Lorsque mon adversaire daigna me relâcher, je sentis mon corps se briser. Mais, vu le débit qui s'écoulait, il n'avait pas dû toucher de parties vitales.

Affaiblie, je tentais de me remettre sur mes pattes. Je ne pouvais pas le laisser gagner aussi facilement.

J'entendis les encouragements des siens, des cris stridents résonnaient. Certains lui demandaient même de m'achever.

Je n'arrivai plus à tenir debout et comme pour essayer de reprendre du courage, je glissai un regard vers Adam. Mon mari était désemparé, le regard empli de tristesse.

Mes pattes glissèrent sur le rocher humide et ma tête heurta la pierre. Mes yeux s'embuèrent peu à peu. J'avais peur et froid. Je tremblais de la tête aux pattes.

Non ! Je ne peux pas mourir maintenant. Pas ici et surtout pas par le traqueur qui a tué mes parents.

— Mort ! Mort ! Mort !

Les traqueurs scandaient ce mot depuis quelques minutes. Quand j'ouvris les yeux, je vis Vérislav juste au-dessus de moi, la gueule grande ouverte.

Je n'avais plus de force, j'avais beau ordonner à mon corps de bouger, rien ne se passait.

Pardonne-moi Adam… je n'ai pas été à la hauteur.

Je fermai les yeux, résignée à mourir.

À l'instant où je sentis l'odeur nauséabonde de sa gueule, j'entendis un bruit étouffé.

La vision d'Adam, gueule fermée sur la gorge du traqueur, me fit un bien fou.

Vérislav réussit à s'extirper et Adam se plaça devant moi, pour me protéger.

— Juno ! Sleek ! Emmenez-la. Elle a besoin d'être soignée en urgence. Rassurez-vous, je n'en aurais pas pour très longtemps.

— Non ! Espèce de lâche ! Tu n'as pas le droit d'intervenir dans ce combat. Laisse-moi le plaisir de tuer un Azael de mes propres griffes. Mais si je ne peux pas avoir celle-là, alors je prendrais l'autre !

— Tu ne toucheras ni à ma femme ni à ma fille. Tant que je serai là.

— Soit. Dans ce cas. Dis leurs au revoir !

Les deux créatures se jetèrent l'une sur l'autre et atterrirent dangereusement près de la falaise. La tempête avait repris de plus belle et les premiers éclairs zébraient dans le ciel noir. La pluie avait redoublé de violence et le froid glacial ankylosait nos membres.

Juno me soignait comme il pouvait et Sleek veillait sur moi. De là où je me trouvais, j'avais une vue imprenable sur le replat. J'entendais leurs mâchoires claquer et j'apercevais du sang rouge et noir gicler.

Je ne savais pas, qui d'Adam ou Vérislav en sortiraient vainqueur. Tous deux se battaient avec tant de hargne qu'aucun n'arrivait à prendre le dessus.

Soudain, je vis deux traqueurs se poster juste d'arrière Adam. Mon instinct de survie se réveilla. Je courus à en perdre haleine et fus rapidement près de lui. À mon arrivée, les deux monstres déguerpirent rapidement.

— Carrie ! Reste en arrière ! Tu es blessée.

— Il est hors de question que je t'abandonne.

— Je n'ai pas envie de me disputer avec toi, alors par pitié, fais ce que je te demande pour une fois !

Vérislav profita de ce moment de confusion pour fondre sur nous, tel un prédateur. Au moment où il allait m'atteindre, une ombre noire fondit sur lui.

Ils roulèrent lentement jusqu'au précipice. Accroché l'un à l'autre, aucun ne voulait lâcher prise. Tout à coup, ils vacillèrent et un lourd silence s'installa.

Je me ruai sur le bord du ravin et hurlai de désespoir :

— Adam !

Commentaire

Je vous remercie d'avoir acheté mon livre et n'hésitez pas à laisser un commentaire sur Amazon ou d'autres sites marchands tels que Booknode ou Babelio. Votre avis est précieux, afin de donner aux lecteurs vos impressions et il permet une meilleure visibilité à mes romans.

Contact

Pour suivre mes actualités et me joindre, retrouvez-moi sur :

- Site internet : amandinegermani.wixsite.com

- Instagram : amandine.germani_auteur

- Facebook : @amandinegermaniauteur

DECOUVREZ UN EXTRAIT DU TOME 3 :

Le Cercle des Hommes Loups

Tome 3

***

Renouveau

CHAPITRE 1

Carrie

Mon cœur s'arrêta. Un vide s'installa. Le regard tourné vers le sol, j'implorai le ciel de l'épargner. J'entendis les cris des traqueurs s'éloigner au loin dans l'épaisse forêt et les hurlements des loups résonner dans les montagnes.

Aucune larme ne sortait. La douleur était si intense qu'elle me broyait le corps. Elle était due à la perte d'un être et non pas à mes blessures.

L'épuisement me frappa tel un coup de massue. Le froid m'envahissait peu à peu.

Juno s'approcha doucement de moi et m'invita à me lever. Je me tenais encore à terre, la tête penchée dangereusement dans le précipice.

Je m'exécutai quand je vis les larmes de Sélèné rouler sur ses joues et d'une voix étranglée, me supplia de revenir, pensant sûrement que je me jetterai à mon tour dans le ravin.

Péniblement, je me hissais sur mes pattes et après quelques pas difficiles, je m'écroulai dans ses bras.

Je ne sus dire combien de temps elle me tint contre elle. Soudain, Juno se posta à mes côtés.

— Carrie, nous partons à sa recherche. Je ne sais pas vraiment dans quel état nous allons le retrouver. Est-ce que tu veux venir ?

Je m'extirpai des bras de ma belle-sœur et hochai la tête d'un geste affirmatif.

La montagne était silencieuse. Pas un oiseau, pas un animal ne troublait ce moment. Comme si la vie s'était arrêtée.

Nous marchions depuis longtemps quand j'aperçus enfin la plaine. Cette fois, les bruits de la nature refaisaient surface. Les oiseaux chantaient, les écureuils couraient dans les arbres, sautant de branche en branche. Après la pluie, la terre humide laissait apparaître des champignons, dont seul Adam avait le secret culinaire.

Le bruit d'une chute d'eau s'écoulant de l'autre versant de la montagne attira mon attention. Je l'avais entre-aperçu juste avant le combat et ne lui avait pas prêté plus d'intérêt. Nous continuions d'avancer dans sa direction, quand un immense lac s'ouvrit devant nous. Je ne m'étais pas encore aventurée par ici.

En m'approchant du bord, j'aperçu deux ombres échouées sur le rivage. J'eus quelque difficulté à reconnaître la première. L'impact lors de la chute l'avait complètement défigurée. Du sang noir et rouge se mêlant l'un à l'autre était répandu tout autour de lui. Je m'approchai doucement du second corps et reconnus Adam. Le souffle court, je m'accroupis et par réflexe, lui pris le pouls. Il était en vie et à première vue, la rotule de son genou droit était sortie de son axe, son épaule était déplacée et des traces de griffures lui lacéraient le torse de part et d'autre. Un frisson me traversa, ma gorge se noua et les larmes montèrent. Je détournai brièvement les yeux et interpellai Juno pour qu'il vienne poser un diagnostic. Ce dernier demanda à quelques loups de revenir avec tout le matériel né-cessaire afin d'évacuer Adam en toute sécurité.